edition lichtland

edition Lichtland
Stadtplatz 4, 94078 Freyung
Deutschland

Umschlaggestaltung: Edith Döringer
Umschlagfoto: Georg Knaus
Satz: oy design Hermann Schoyerer

1. Auflage 2011

ISBN: 978-3-942509-02-2
www.lichtland.eu

Marianne Loibl

Stille Nacht

Kommisar Kremmels zweiter Fall

edition LICHTLAND

Regentropfen peitschten gegen die Windschutzscheibe. Zwischen die Wasserkleckse mischten sich Schneekristalle. Wie dunkle Teppiche lagen die Felder am Rande der Autobahn. Eine Böe jagte Herbstlaub und Ästchen über die Böschung.

Werner Kremmel hielt das Lenkrad etwas fester. Mit einer Hand tastete er zur Mittelkonsole und fischte ein Kräuterbonbon aus der Tüte. Um ein Haar hätte ihn eine Böe über den Mittelstreifen gezogen. Er lenkte gegen und das Bonbon entglitt ihm dabei. Erneut zog er eines aus der Packung und entwickelte es durch geübten Dreh mit nur einer Hand.

Dieses Kratzen im Hals wurde immer stärker. Er hatte die trockene Luft in Flugzeugen noch nie gut vertragen. Doch diesmal war er schon mit leicht heiserer Stimme auf Teneriffa ins Flugzeug gestiegen. Der Urlaub dort war schön und vor allem erholsam gewesen. In München hatte ihn typisches Novemberwetter empfangen. Seit Landshut regnete es in Strömen und in Höhe Deggendorf hatte er erste Schneeflocken entdeckt.

Noch eine halbe Stunde und er konnte die Tür in seine kalte Wohnung aufschließen. Ein Schauer lief über seinen Rücken und hinterließ Gänsehaut auf den Armen. Er drehte die Heizung noch ein wenig wärmer. Die Lüftung rauschte.

Rauschen und Wärme. Ein Abend am Meer.

Kremmel unterdrückte den Impuls, die Augen zu schließen. Er dachte an Sabine, an den letzten Abend am Strand. Sollte er, der als alleinstehender Hauptkommissar seine Aufmerksamkeit voll auf den Beruf lenken konnte, sich tatsächlich noch einmal verliebt haben? Er hatte doch nur Urlaub machen wollen, neue Kraft tanken für den langen Winter, und dann das. Schon am ersten Abend war ihm die zierliche Brünette aufgefallen. Wie sie sich bewegte, auf den hohen Pumps, als seien sie ihr angewachsen. Als sie ihn am Nachspeisenbüffet anlächelte, hatte ihn etwas durchzuckt. Schon am nächsten Tag sprach er sie am Pool an. Er konnte sich nicht einmal mehr erinnern, was er gesagt hatte. Aber sie hatte gelacht und ihre Sonnenbrille erstaunt über die Stirn gezogen. Ihre Augen hatten dabei gefunkelt, als hätte sich die Nachmittagssonne auf dem spiegelglatten Meer reflektiert.

Es kam ihm wie ein Wunder vor, dass er ohne Vorwarnung auf sie getroffen war. Sabine trug nicht nur Wärme und Humor in sich, sie war schön, sexy und klug. Mehr also, als ein Mann erhoffen oder sogar vertragen konnte. Sie arbeitete als Cheflektorin in einem Kochbuchverlag. Ausgerechnet Bücher und Kochen! Er hatte es doch mit beidem nicht so! Aber vielleicht änderte sich das noch.
Kremmel biss auf das inzwischen winzige Bonbon. Noch eine Viertelstunde bis zum Ziel. Aber war eine leere Wohnung wirklich noch das einzige, was er erwarten konnte? Durfte man mit 55 Jahren nicht auch noch ein bisschen Zuneigung erfahren? Um sich zu verlieben oder gar zu lieben, war man doch nie zu alt!
Werner Kremmel zog am Gurt. Er blockierte sofort. Da mischte sich plötzlich die Melodie seines Handys unter den Rhythmus des Songs aus dem Radio.
Kremmel fischte sein Handy aus der Hosentasche. Der blockierte Gurt hinderte ihn bei seinem Bemühen. Wieso hatte er das Handy nicht wie immer in die Halterung gesteckt? Telefonieren ohne Freisprecher! Zum Glück sah ihn jetzt niemand von seinen Kollegen!
„Werner Kremmel!“, brummte er. Die Heiserkeit hatte sich verstärkt. Und morgen war Dienstbeginn. Das konnte ja heiter werden! „Hallo, wer ist da?“, fragte er unwirsch.
„Werner, bist du das?“
Sabine!
Kremmel streckte sich ruckartig. Der Sicherheitsgurt blockierte erneut. Blöder Gurt!
„Ja! Ja, ich bin dran. Sabine! Schön, dich zu hören! Wo bist du?“
Mit schnellem Griff drehte er das Radio aus.
Sie lachte ihr schönes Lachen. Er könnte es auf CD aufnehmen und stundenlang anhören. „Das wollte ich dich eigentlich fragen. Bist du schon gut zu Hause angekommen?“
„Fast, nur noch ein paar Minuten. Kann ich dich anrufen, wenn ich daheim bin?“, fragte Kremmel.
„Das wäre schön“, sagte Sabine.
„Dann bis gleich“, krächzte er mit einer Zärtlichkeit, die er längst eingemottet glaubte.
Die letzten Kilometer fuhr er mit einem Lächeln auf den Lippen.

Wie schön das Gewirbel der Schneeflocken auf einmal war. Wie sehr er sich plötzlich auf sein Zuhause freute! Er fror nicht mehr.
Wenige Minuten später öffnete er das Tor zur Tiefgarage.

„Noch Kaffee?"
Johanna Brandner hob die Hand und schüttelte sie.
„Kuchen?", fragte Sophia Brandner.
„Mama, ich platze gleich!", sagte Johanna und schüttelte dabei die Hand noch kräftiger. In ihrer Magengrube schlug irgendetwas Purzelbäume. Wieso eigentlich, sie hatte nur eine Tasse Kaffee getrunken und ein Stück Marmorkuchen gegessen.
„Ich nehme noch was!", rief Hermine Brandner.
„Oma, du darfst nicht so viel Kuchen essen!", mahnte Johanna.
„Und du sollst deine Oma nicht immer bevormunden", kam es prompt von der Seniorin und ihre Augen blitzten dabei.
Im Frühjahr hatte sie ihren 90. Geburtstag gefeiert und von allen Festgästen gefordert, dass sie Süßes essen konnte, was sie wollte. Das war wegen ihrer Altersdiabetes nicht so einfach, wie von ihr gewünscht. Doch sie schlug alle gut gemeinten Warnungen in den Wind. „Ob ich jetzt nur 91 oder 95 werde, ist doch egal!"
Johanna war es nicht egal, sie liebte ihre Oma und wünschte, dass Hermine sie noch einige Jahre begleiten würde.
Da spürte sie plötzlich eine Hand, die sie sanft drückte. Sie blickte zur Seite und sah das zärtliche Lächeln von Florian. Doch seine Augenbrauen hoben sich und er schien ihr zu deuten: Lass sie doch!
„Was ist mit dir, Florian? Nimmst du noch ein Stück?", fragte Sophia.
„Aber gerne. Schmeckt hervorragend wie immer!"
„Wenigstens einer, der isst", gurrte Sophia. „Ist dir nicht gut, Johanna? Du bist so blass. Oder ist es wegen der schlanken Linie? Das wäre völlig fehl am Platz!"
Am liebsten hätte Johanna mit der Faust auf den Tisch gehauen. Konnte Mutter nicht einfach ihr Nein akzeptieren?
„Mir geht es gut. Ich bin nur satt!", fauchte sie.
„Ist sie immer so gut gelaunt? Dann wundert es mich, dass ihr beiden noch zusammen seid!", sagte Sophia zu Florian gewandt.
Jetzt landete die Faust doch auf dem Tisch. Der Deckel der Zuckerdose klirrte. Alle am Tisch zuckten zusammen. Johanna erschrak selbst. Sie fühlte sich wie ein kleines Kind, dessen Willen nicht beachtet wurde.
„Entschuldigung", murmelte Sophia. „Das war jetzt nicht angebracht gewesen. Ich bin froh, dass ihr ein Paar seid. Ganz ehrlich!"

Florian drückte ihre Hand fester. Sein Blick war fragend auf sie gerichtet. Johanna sah weg.
„Und wann heiratet ihr beiden?“, fragte Oma mit der Unschuld eines Babypüppchens und schob einen neuen Bissen Kuchen in den Mund. Brösel tanzten auf ihrem Kinn, während sie genüsslich kaute.
Johanna starrte Oma an. Die Frage hing in der Luft wie ein Luftballon, der sich langsam zum Tisch senkte.
Hermine hielt inne. „Habt ihr schon einen Termin? Ich habe nicht mehr so viel Zeit, wie ihr wisst.“ Sie lächelte wie ein Schuljunge, dem ein Streich gelungen war.
Johanna spürte, wie sich ihr Nacken verkrampfte. Wieso antwortete Florian nicht? In letzter Zeit war er ihren Fragen immer ausgewichen oder war unverbindlich geblieben, egal, was sie bezüglich ihrer Zukunft ansprach. Sollten sie sich das Neubauprojekt am Rande von Freyung nicht mal unverbindlich ansehen? Wollten sie nicht längst eine größere Wohnzimmer-Couch anschaffen? Florian fand Ausflüchte. Reihenhäuser sind spießig. Die Couch ist doch noch gut.
Johanna war seit wenigen Tagen 36 Jahre alt. Sie wusste, was sie wollte! Für sie war keine Frage, dass ihre Zukunft an der Seite von Florian sein würde. Florian, der Oberkommissar, ihr Gefährte aus Kindertagen, ihre erste und wieder gefundene Liebe und ihr Lebensretter. Er war all das in einer Person. Und noch viel mehr. Ja, sie wollte, dass er die Frage aller Fragen stellte. Endlich! Doch er schwieg. Dass sie nicht wusste warum, machte ihr am meisten zu schaffen.
Auch jetzt schwieg er. Als er schließlich sprach, war sie so verkrampft, dass ihr Nacken schmerzte.
„Wir haben schon noch Zeit. Außerdem haben wir uns, das ist das Wichtigste“, meinte er.
Johanna entfuhr ein hysterisches Auflachen. Wieso war sie heute nur so aggressiv, als lauerte sie wie ein ausgehungerter Panther in einem zu engen Käfig?
„Ja, ihr habt Zeit! Aber ich nicht!“, beharrte Hermine. „Ich würde meine Enkelin gerne noch als Braut sehen. Das ist etwas Besonderes. Johanna sowieso, aber auch, als Großmutter noch die Hochzeit der Enkelin miterleben zu können.“
Es war auf einmal sehr still in der Wohnküche des Brandner Hofes.

Die Küchenuhr tickte laut wie ein Kirchenuhrwerk.
„Alles hat seine Zeit", meinte Sophia. Sie wünschte sich insgeheim nichts sehnlicher als eine Hochzeit zwischen Johanna und Florian. Doch sie würde die beiden nicht drängen. Auch wenn es ihr schwer fiel, wollte sie sich raushalten.
„Ich glaube, wir müssen jetzt dann fahren!", sagte Johanna mit tonloser Stimme. „Es schneit seit einer Stunde. Es könnte glatt werden."
Hermine seufzte. „Wenn du es nicht ernst meinst mit meinem Hannerl, dann lass es lieber. Aber ich glaub, Florian, du weißt selbst, was du an ihr hast. Allerdings sehen das auch andere Männer. – Ist eigentlich Leon Neumeier schon verheiratet?" Oma stellte die Frage wie zufällig. Johanna musste lächeln.
„Soviel ich weiß, ist er noch mit Sabrina verlobt."
Oma winkte ab. „Na, heutzutage ist man schnell entlobt."
„Ich weiß, was ich an Johanna habe!", sagte Florian. Seine Stimme trug eine ungewohnte Schärfe. Zu Sophia gewandt sagte er: „Danke für die Einladung. Aber wir sollten jetzt wirklich fahren."
Sophia zuckte die Schultern. „Wie ihr meint." Dabei warf sie ihrer Mutter Hermine einen warnenden Blick zu.
Nachdem sich Johanna und Florian verabschiedet hatten, traten sie schweigend vors Haus. Eisiger Wind kroch durch Johannas Wollmantel und die Kälte des Bodens drang binnen Sekunden durch die dünnen Sohlen. Sie fröstelte.
Am Haus gegenüber, dem Gschwender Hof, löste sich ein Schatten. Dann trat ein Lichtschein aus der sich öffnenden Haustür. Max Gschwender schlüpfte ins Haus und schloss mit lautem Knall die Tür. Florian und Johanna sahen sich an. Wie eben am Kaffeetisch hob Florian seine Brauen und entriegelte schließlich die Autotüren.
Es war längst nichts Neues mehr, dass Hilde und Max Gschwender weder einen Gruß erwiderten noch ein Wort mit ihnen sprachen. Seit ihr einziger Sohn Paul von Florian verhaftet worden war, hatten sie sich verbittert zurückgezogen. Sie redeten nur das Nötigste mit wenigen Personen in Ringelai, wie dem Pfarrer oder beim Einkaufen. Die Brandners waren für sie die Schuldigen, diejenigen, die Paul ins Gefängnis gebracht hatten. Dass er ein zweifacher Mörder war und auch Johanna zu vergiften versucht hatte, verdrängten sie.

Auf der Fahrt nach Freyung schwiegen Johanna und Florian weiter. Johanna hätte gerne etwas gesagt, aber sie wusste nicht was. Sie fühlte sich müde und die leichte Übelkeit, die sie schon am Kaffeetisch gespürt hatte, begann sich zu verstärken. Verstohlen blickte sie zur Seite und versuchte in der Dämmerung zu erkennen, ob sich Florians Gesichtszüge verändert hatten. War da dieser harte Zug um seinen Mund, wie immer, wenn er verärgert oder mit den Gedanken bei einem Mordfall war? Es war schon zu dämmrig, um etwas zu erkennen, außer wie konzentriert er auf die Straße sah.
Johanna drehte ihr Gesicht zum Seitenfenster. Schneeflocken tanzten durch die Luft und blieben auf Wiesen und Feldern liegen. Sie beobachtete wie einzelne Flocken auf der Oberfläche des Außenspiegels landeten. Wie hatte sie sich früher, als Kind, immer über den ersten Schnee gefreut. Heute fühlte sie nur eine Kälte in sich. Sie versteckte ihre Hände in den Ärmeln ihres Mantels.
„Ist dir kalt?“, fragte Florian. Hatte er sie beobachtet? Suchte vielleicht auch er einen Vorwand, um wieder mit ihr zu sprechen?
„Geht so“, antwortete sie. Und dann senkte sich wieder etwas zwischen ihnen, was so trostlos war, wie die verödeten Felder am Straßenrand.

„Die Kaffeebohnen sind bald alle!“, murmelte Florian.
„Weiß ich!“ Johanna deutete auf die Pinnwand, an die sie ihre Einkaufszettel hing. „Schon notiert. Nehme mal an, du schaffst es heute nicht zu Aldi.“
„Du weißt doch, dass ich mein Dienstende nie so genau voraussagen kann“, murmelte Florian und drückte auf den Knopf der Espresso-Maschine.
„Ich weiß auch nicht, wie spät es heute wird“, sagte Johanna. Ihr Protest ging im Brummen des Mahlwerkes unter. Sie sprach erst weiter, als cremiger Espresso in die Tasse lief. „Bist du immer noch so schlecht gelaunt, bloß weil Oma gestern von Hochzeit gesprochen hat? Sie ist eine alte Frau, sie braucht keine Rücksichten mehr zu nehmen. Also sei nicht albern!“
Florian zog die Tasse weg und nippte daran. „Ich bin nicht albern!“ Er sah sie erstaunt an. „Ich dachte nur, wir sind uns einig, dass wir nichts überstürzen.“
Johanna schnaubte. „Was überstürzen wir denn? Den Kauf von Aktienpaketen?“
„Jetzt bist du albern!“
„Bin ich nicht. Es nervt mich nur, dass wir uns nie über die Zukunft unterhalten können, ohne dass du ablenkst oder ignorierst.“
„Tu ich doch gar nicht! Und jetzt will ich in Ruhe frühstücken.“
„Siehst du!“, maulte Johanna und ärgerte sich über sich selbst. Wieso ließ sie sich am frühen Morgen so reizen? Sie hatte heute eine Präsentation vor dem Firmenchef. Es ging um den neuen Internet-Auftritt der Firma. Da sollte sie ihre Nerven im Griff haben und sich nicht mit nüchternem Magen streiten. Plötzlich ertönte Florians Diensthandy. Täuschte sich Johanna oder wirkte Florian erleichtert?
„Ja? – Guten Morgen Gabi!“, sagte Florian. „Was gibt es?“
Der Toaster spuckte zwei Brötchen aus. Einer flog in hohem Bogen auf die Arbeitsplatte.
„Dafür sind die Kollegen vom Raubdezernat zuständig!“, raunte Florian. Und kurz darauf: „Ich lasse dich doch aussprechen. Aber wenn du so lange brauchst, bis du zur Sache kommst …“
„Er hat schlechte Laune, Gabi. Guten Morgen!“, rief Johanna aus dem Hintergrund, so dass es Gabi sicher noch hören konnte.

Florian warf Johanna einen wütenden Blick zu. „Gut wir kommen! Sag auch Werner Bescheid!“ Er beendete das Gespräch und legte das Handy unsanft auf den Tisch. „Sag mal, bist du noch bei Trost? Das ist ein Dienstgespräch! Wenn ich mich nicht täusche, hast du mir vor wenigen Minuten vorgeworfen, ich sei albern! Was bist dann du? Das war auch noch peinlich!“

„Deine Assistentin hat wenigstens Humor!“, meinte Johanna. „Das kann man nicht von allen Personen behaupten.“

Florian winkte ab. Sein Mund hatte sich zu einer schmalen Linie gezogen. Er stand auf. „Wir können unser erfreuliches Gespräch zu einem anderen Zeitpunkt fortsetzen. Ich muss los.“

„Was ist passiert?“, fragte Johanna beinahe erschrocken. Sie mochte Augenblicke wie diese nicht. Immer wenn Florian alarmiert wurde, fühlte sie Angst in sich. Sie nahm ihr manchmal die Luft zum Atmen. Was, wenn ihm etwas zustieß?

„Ein Bankraub. Ein Kunde wurde erschossen!“, informierte er knapp. „Ich muss los. Vielleicht ist deine Laune heute Abend ja besser!“ Florian drehte sich um und ging aus der Küche. Kein Kuss und auch kein liebes Wort zum Abschied! Kurz darauf hörte Johanna, wie die Wohnungstür zugezogen wurde.

Steif vor Zorn und Trauer saß sie auf dem Küchenstuhl. Am liebsten hätte sie sich aufs Bett geworfen, die Decke über den Kopf gezogen und wäre nicht mehr aufgestanden, bis Florian gekommen und sie zärtlich in die Arme genommen hätte. Sie sah auf die Uhr. Es war kurz vor neun. Sie musste sich beeilen. Ihre Hand zitterte, als sie ein wenig Butter auf den Toast strich. Eigentlich hatte sie keinen Hunger, aber sie musste etwas essen. Der Tag würde sie fordern. Trotzdem fühlte sich jeder Bissen an, als wären Sägespäne unter den Teig gemischt worden.

Florian Wallner traf Werner Kremmel vor der Filiale der Raiffeisenbank. Sein Audi hielt Sekunden später neben seinem Wagen. Beide stiegen gleichzeitig aus. Ein Krankenwagen stand da, zwei Sanitäter schoben die leere Krankenbahre wieder ins Fahrzeug. Neben den beiden Einsatzfahrzeugen der Polizei stand ein junger Beamter, der beide Kommissare sofort freundlich grüßte.

„Guten Morgen, Werner! Wie war dein Urlaub?“, grüßte Florian.

Kremmel nickte und verzog die Mundwinkel zu einem Ansatz von einem Lächeln.

„Kaum aus dem Urlaub, schon gibt es wieder Arbeit!“ Der junge Beamte Peter Hoffmann versuchte freundlich zu sein. Kremmel nickte auch ihm nur kurz zu, hob das Absperrband in die Höhe, schritt hindurch und ging zum Eingang der Filiale.

Florian wunderte sich. „Guten Morgen, Peter“, sagte er zum Polizisten.

„Hat er schlechte Laune?“, fragte Peter.

„Keine Ahnung. Ich habe ihn noch nicht gesehen, seit er aus dem Urlaub zurück ist. Eigentlich müsste er ja gut erholt sein, so gebräunt wie er ist.“

„Vielleicht war es zu heiß?“, versuchte Peter zu scherzen.

„Möglich.“ Florian deutete auf die Filiale. „Was ist los?“

Peter streckte sich ein wenig. „Ein Toter. Schuss aus nächster Nähe, mitten in die Brust. Die Dame am Schalter äußerte, dass der Täter erst geschossen habe und dann Geld forderte. Es handelt sich um Mladen Danvac, wohnhaft in Freyung.“

„Ist die Zeugin vernehmungsfähig?“

„Sie steht etwas unter Schock. Aber sie ist kooperativ“, berichtete Peter.

„Und das Opfer? Hat er versucht, den Täter zu überwältigen?“

Peter hob die Schultern. „Er war Kunde, also weiß die Bankangestellte vielleicht mehr. Ich jedenfalls kenne ihn nicht.

Dafür habe ich die Spurensicherung und den Staatsanwalt verständigt. Der Täter floh nach Aussage einer Passantin, die er vor der Filiale angerempelt hat, mit einem schwarzen Kleinwagen. Das Kennzeichen konnte sich die alte Dame leider nicht merken. Ebenso wenig die Automarke.“ Peter zuckte die Schultern. „Es ist leider wie so oft. Ich habe trotzdem mal eine Fahnung nach einem schwarzen Kleinwagen rausgegeben. Vielleicht haben wir Glück .“

„Danke erst mal!“, sagte Florian und nickte Peter zu. Als er in die Filiale eintrat, fiel sein erster Blick auf das am Boden ausgestreckte Opfer. Die Blutlache, in der er lag, hatte in etwa die Form angenommen, wie Kinder Wolken malen. Kremmel stand nachdenklich daneben. Florian wunderte sich, wieso er sich nicht wie sonst nach der Identität des Opfers erkundigt hatte und noch nicht mit den beiden Bankangestellten sprach. Da fühlte er auch schon den Blick der attraktiven Endvierzigerin auf sich.

„Sind Sie der Kommissar?“, fragte sie mit erstaunlich fester Stimme.

Florian stellte sich und Kremmel vor.

„Also sind Sie der Hauptkommissar?“, vergewisserte sich die Frau und sah Kremmel an.

Kremmel nickte.

„Bitte schildern Sie den Tathergang“, bat Florian, als Kremmel weiter schwieg. Was war mit seinem Chef los?

Etwas widerwillig, so kam es Florian vor, wandte sich die Frau an ihn. „Also ich bin Frau Sollner, die Filialleiterin. Das ist Herr Meier, er war zum Zeitpunkt des Überfalls gerade auf der Toilette. Herr Buckmann, der noch zu uns gehört, ist im Urlaub.“

Frau Sollner sah von Florian zu Kremmel und schien auf etwas zu warten. Da trat der Notarzt an Kremmel heran. „Ich konnte hier leider nichts mehr tun. Der Mann muss eigentlich sofort tot gewesen sein. Näheres werden eure Gerichtsmediziner herausfinden. – Schönen Tag noch!“, sagte er und hob zum Gruß die Hand.

Kremmel nickte, zog ein Kräuterbonbon aus seiner Manteltasche und entfernte das Papier. Schließlich schob er es in den Mund und nickte der Bankangestellten zu. „Weiter!“, bat er krächzend wie ein Rabe im Stimmbruch.

Florian biss auf die Lippen, unterdrückte ein Grinsen. Deshalb war Werner heute so wortkarg! Hatte wohl im Urlaub einen Luftzug abbekommen oder eine Klimaanlage nicht vertragen. Der Hals war Werners Achillesferse, das wusste Florian. Die vielen Bonbons waren nicht nur ein nervöser Tick.

„Sind Sie krank?“, fragte Frau Sollner mit Blick auf Kremmel. Ihr Ton war forsch und Florian stellte sich vor, dass sie eine akkurate Filialleiterin war, die ihre Angestellten im Griff hatte.

„Ich bin heiser, das ist alles!", antwortete Kremmel ebenso bestimmt. „Schildern Sie bitte, was vorgefallen ist."
Frau Sollner nickte. „Also, das war so. Ich hatte die Filiale gerade geöffnet und war bei einem Datenupdate, als Herr Danvac herein kam. Er ist seit rund zwei Jahren Kunde bei uns und hob fünfhundert Euro am Schalter ab."
„Nicht am Automaten?", wunderte sich Florian.
„Nein!" Frau Sollner warf ihm einen leicht entnervten Blick zu. Er fühlte sich augenblicklich an seinen Streit mit Johanna erinnert.
„Er hatte Fragen, weil er ein Schließfach eröffnen wollte. Das darf ich jetzt ja wohl aussagen. Daher hat er gleich bei mir das Geld abgehoben. – Auf jeden Fall war Herr Danvac fertig und wollte gehen, da kam plötzlich der maskierte Mann herein."
„Haben Sie die Videobänder schon einem Beamten gegeben?", krächzte Kremmel.
„Bis jetzt noch nicht." Frau Sollner drehte ihren Kopf so, dass sie ihrem Kollegen ins Gesicht sehen konnte. „Herr Meier, Sie wissen, was zu tun ist!"
Herr Meier nickte und entfernte sich aus dem Schalterraum.
„Wie sah der Täter aus?", fragte Florian.
„Er war maskiert, das sagte ich doch schon!" Frau Sollner sah Florian an wie eine Lehrerin, die zum fünfzigsten Mal den Dreisatz erklärt.
„Wie maskiert?" Florians Ton verschärfte sich.
„Na, halt so eine Maske über dem Gesicht. Wie man es im Fernsehen immer sieht. Nur die Augen waren frei. Ich glaube, sie waren dunkel. Es ging alles so schnell." Frau Sollner schüttelte den Kopf.
„Was trug der Täter?", hakte Florian nach.
„Er hatte einen schwarzen Anorak an. So breit gesteppt, dass es dick macht, wie beim Michelin-Männchen. Die Mütze war schwarz und die Hose auch. Aber das sehen Sie ja auf dem Video."
Sie drehte sich um. „Herr Meier, wo bleiben Sie denn wieder?"
Da eilte der Gerufene herbei. Er war sehr blass. „Hier bitte, hier ist das Video-Tape", sagte er.
„Und Sie waren also auf der Toilette?", fragte Florian.
Herr Meier nickte. „Ich habe eigentlich eine Blasenentzündung. Aber ich wollte mich nicht krank melden." Er sah dabei Frau Sollner an, so als wolle er sicher gehen, dass sie es auch hörte.

Die Filialleiterin verzog unwillig den Mund. „Geben Sie her!“, sagte sie und drückte das Videoband Werner Kremmel in die Hand.
Er reichte es wortlos an Florian weiter. Frau Sollner zog eine Augenbraue in die Höhe. Wieder unterdrückte Florian ein Grinsen.
„Wir werden es unseren Kriminaltechnikern zum Aufbereiten geben. Vielen Dank“, sagte er stattdessen. In diesem Moment kamen die KT-Kollegen wie gerufen. Sie sahen aus wie weiß gekleidete Marsmännchen und grüßten verhalten, wie es sich für einen frühen Montagvormittag gehörte. Im Nu wurden Koffer und Kisten geöffnet, um die Routinearbeiten der Spurensicherung zu beginnen.
„Können wir die Befragung an einem anderen Ort fortsetzen? Sie haben doch sicher eine Teeküche“, bat Florian.
„Wollen Sie jetzt etwa Kaffee trinken?“, fragte Frau Sollner und schon wieder rutschte die Augenbraue in die Höhe.
„Es geht nicht um Kaffee. Wir stören hier die Kollegen bei ihrer Arbeit!“, stieß Florian hervor. Er atmete tief ein und hielt einen Augenblick die Luft an. Er musste sich beherrschen, denn der Streit am Morgen hatte ihn mehr gereizt, als es gut war.
„Kommen Sie mit. Ist aufgeräumt?“, fragte sie Meier. Er schien ein wenig in sich zusammen zu sinken. „Ich glaube schon“, meinte er.
„Keine Angst, hier kommt die Spurensicherung nicht mit!“, brummte Kremmel. Florian warf ihm einen dankbaren Blick zu.
Die kleine und fensterlose Teeküche sah aus, als sei sie nie benutzt worden. Es roch nach einem künstlichen Blumenaroma. Kremmel hüstelte.
„Schildern Sie uns bitte, was weiter passierte. Wie war das, als der Täter in die Filiale kam?“, wollte Florian wissen.
Frau Sollner verschränkte die Arme. „Also der Mann kam rein. Zuerst beachtete ich ihn nicht, weil ich ja mit dem Kunden beschäftigt war. Und er rief auch nicht ‚Überfall‘ oder so. Er sagte nichts. Es war, als würde er warten.“ Frau Sollner strich eine Haarsträhne hinters Ohr und verschränkte wieder die Arme.
„Und dann?“, fragte Kremmel ungeduldig.
„Ja, dann war mein Kunde fertig und wollte gehen. Da entdeckten wir beide, dass der Mann maskiert war. Er hielt plötzlich eine Waffe in der Hand und zielte in unsere Richtung. Sie können sich denken, wie erschrocken ich war!“

„War das Ihr erster Überfall?“, wollte Kremmel wissen.
„Seit ich diese Filiale leite, ist noch nichts passiert. Vor zehn Jahren wurde eine Filiale überfallen, in der ich arbeitete. Damals war ich gerade in einer Besprechung im ersten Stock und bekam nichts mit. Es ging auch so schnell damals.“
„Und heute? Was passierte weiter?“, trieb Florian an.
„Ja, das war irgendwie komisch. Der Maskierte sagte nämlich nichts. Er sah mich nur ganz kurz an, dann richtete er die Waffe auf Herrn Danvac und schoss zwei Mal!“ Ihre Stimme brach ab, sie hielt sich eine Hand vor den Mund. „Entschuldigen Sie! Sie sind das vielleicht gewohnt, aber ich? Vor mir wurde ein Mensch erschossen!“
„Wir verstehen Ihre Aufregung. Möchten Sie das Gespräch zu einem anderen Zeitpunkt fortführen?“, fragte Florian, obwohl es ihm widerstrebte. „Es wäre schon sehr hilfreich, wenn Sie uns jetzt wichtige Hinweise liefern.“ Vielleicht konnte er sie bei der Ehre packen.
„Natürlich, das verstehe ich!“, sagte Frau Sollner und schniefte.
Florian lächelte. Hatte er es doch gewusst!
„Also, er schoss und Herr Danvac fiel zu Boden. Wie das …, also das Geräusch dabei werde ich nie vergessen. Es … Entschuldigung.
Ja, und dann forderte der Täter Geld von mir. Er sagte: ‚Los! Geld her!‘ – mit ganz dunkler Stimme, als hätte er sie verstellt. Ich gab ihm das, was ich vorne am Kassenschalter hatte, legte es in ein großes Kuvert und gab es ihm. Er verließ sofort die Filiale.“ Frau Sollner sah von Florian zu Kremmel.
„Ist das nicht komisch, dass der Mann erst schoss und dann Geld forderte? Ich meine, der Kunde hat sich still verhalten und nicht versucht, den Täter zu überwältigen.“
Werner Kremmel wiegte den Kopf und öffnete schon wieder ein Kräuterbonbon. „Hatten Sie denn den Eindruck, dass sich die beiden kannten?“, fragte er.
Eine Augenbraue hüpfte nach oben. „Was weiß denn ich? Sie sind doch von der Polizei. Finden Sie es heraus. Im Übrigen muss ich nun der Bezirksleitung melden, dass es einen Überfall gab.“
„Sie haben uns schon sehr geholfen“, brummte Kremmel. „Hier ist meine Karte, falls Ihnen noch etwas einfällt. Wie können wir andererseits Sie erreichen?“

„Ich schreibe Ihnen meine Handynummer auf. Ansonsten wissen Sie ja, wo ich arbeite“, meinte Frau Sollner.
„Entschuldigen Sie, ich muss aufs Klo“, sagte Herr Meier.
Er hatte bis jetzt kein Wort gesagt. „Kann ich auch Ihre Telefonnummer haben?“, bat Florian. „Kennen Sie Herrn Danvac von irgendwo?“
Herr Meier trat von einem Bein aufs andere. „Nein, ich kenne ihn nicht. Hier ist meine Nummer. Darf ich jetzt, ich habe …“
„Blasenentzündung“, nickte Kremmel.
Frau Sollner stieß einen unwilligen Zischlaut aus.
„Scheint ja prima Klima zu herrschen in dieser Filiale“, krächzte Kremmel, als die beiden auf die Straße traten. Dann blieb er stehen, warf nochmals einen Blick auf die Leiche und rief den Kollegen von der Kriminaltechnik zu: „Erwarte euren Bericht wie immer so schnell wie möglich.“
Bernd Schneider, der den Toten gerade fotografierte, sah kurz auf und lächelte. „Liegt wie immer schon auf deinem Schreibtisch!“

Johanna stieg aus dem Auto und wäre fast ausgerutscht. Der Parkplatz vor dem Firmengebäude der Neumeier Pharma war glatt. Noch glatter waren die Ledersohlen von Johannas Pumps. Aber sie passten perfekt zu ihrem Kostüm und sie wollte bei der Präsentation auch optisch eine gute Figur abgeben. Hastig packte sie ihre Handtasche und ihren Laptop. Der Tag hatte so unerfreulich angefangen. Hoffentlich war das kein schlechtes Omen für ihren Auftritt vor dem Chef!
Kaum hatte Johanna in ihrem Büro den Mantel ausgezogen, rauschte die Chefsekretärin herein. „Frau Brandner? Da sind Sie ja endlich. Herr Neumeier würde gerne eine halbe Stunde früher anfangen. Herr Pfeiffer ist schon bei ihm im Konferenzraum. Kommen Sie dann dazu, ja?“ Frau Neumeier nickte ihr freundlich zu und verschwand so schnell, wie sie gekommen war.
„Bin sofort da!“, murmelte Johanna und schloss die Augen. Sie musste sich zusammenreißen! Durchatmen! „Du hast alles perfekt vorbereitet!“, flüsterte sie zu sich selbst. Sie nahm eine Mappe vom Schreibtisch und ihren Laptop. An der Tür blieb sie noch einmal stehen und straffte die Schultern. „Auf in den Kampf!“, sagte sie und drückte die Klinge.

Eine halbe Stunde später stand Johanna mit kribbelnden Wangen am Kopfende des Konferenztisches. Sie hatte die Powerpoint-Präsentation hinter sich und alles gesagt, was es zu sagen gab. Nun lächelte sie Leon Neumeier an. Er hatte während ihres Vortrages kein Wort gesagt und den Blick nie abgewendet. Manchmal hatte er sie so intensiv gemustert, so kam es Johanna zumindest vor, dass sie Mühe hatte, nicht aus dem Konzept zu kommen. Ihr Abteilungsleiter Josef Pfeiffer hatte immer wieder genickt und manchmal etwas ergänzt, ohne Johanna dabei zu unterbrechen.
Nun lehnte sich Leon Neumeier zurück und drehte dabei seinen edlen Füller, der neben dem Filofax auf dem Tisch lag. Sein Schweigen machte Johanna nervös.
„Haben Sie noch Fragen, die ich beantworten kann?“, wollte sie wissen.
„Ich hoffe, dass Sie meine Fragen beantworten können!“, sagte er und seine blauen Augen leuchteten wie der Atlantik nach einem Sturm.

Johanna räusperte sich. Wieso war ihr Hals auf einmal so trocken? Sie lächelte und griff nach ihrem Wasserglas.
„Meine liebe Frau Brandner", sprach Neumeier weiter, „was mache ich nur mit Ihnen?"
„Wie bitte?", krächzte Johanna. Was meinte er damit? War der neue Internetauftritt so schlecht? War all die Arbeit, die Ideen, die sie auch in der Freizeit nicht los ließen, umsonst gewesen? Sie hatte so viel Herzblut in die Aufbereitung der Endkundenseiten gelegt. Sollte sie sich so getäuscht und das Anforderungsprofil verfehlt haben?
„Das ist perfekt!", raunte Neumeier.
„Aber ich habe versucht, Ihre Aspekte ...", verteidigte sich Johanna. „Wie bitte?" Sie hielt inne.
„Note Eins mit Stern!", sagte er.
Johanna fühlte, wie ihre Wangen von einer Sekunde zur anderen glühten. Hoffentlich kaschierte ihr Makeup etwas. Aber weshalb sprach er mit ihr wie mit einem Schulmädchen? Sie wollte kein Fleißbildchen!
„Sie möchten ausdrücken, dass Sie mit unserem Vorschlag zufrieden sind?"
„Genau das möchte ich. Ich kann gar nicht fassen, wie präzise Sie meine Wünsche und Anregungen umgesetzt haben. Das ist nicht nur fachlich kompetent, sondern äußerst kreativ aufbereitet. Mit diesem Internetauftritt setzen wir uns ganz klar von der Konkurrenz ab!" Neumeier wandte sich an Herrn Pfeiffer. „Gute Arbeit!"
Der Abteilungsleiter nickte wohlwollend. „Danke. Ich gebe zu, dass ich Frau Brandner nur in wenigen Dingen beraten und manchmal etwas bremsen musste. Sie ist wirklich kreativ, aber wir sind nun mal ein Pharmaunternehmen und kein Modelabel. – Aber ich gebe Ihnen recht, ich bin mit dem Ergebnis sehr zufrieden. Ein paar Kleinigkeiten sind mir noch aufgefallen. Aber das ist IT-Bastelei und muss Sie nicht belasten."
Herr Pfeiffer lächelte Johanna zu und stand auf. Er reichte Neumeier die Hand und sagte: „Sie wissen, ich muss in die Finanzbuchhaltung. Die Besprechung für den Jahresabschluss steht an."
„Jaja, gehen Sie nur!", rief Neumeier gut gelaunt.
Kurz darauf fiel die Tür des Konferenzraumes ins Schloss. Johanna stand immer noch wie festbetoniert neben dem Beamer.

„Möchten Sie einen Kaffee? Setzen Sie sich zu mir!“, bot Leon Neumeier an.
Johanna steuerte den Stuhl an, der Neumeier gegenüber stand und setzte sich so ungelenk, als hätte sie in einer frostigen Nacht nur mit einem Nachthemd bekleidet auf dem Balkon gestanden. Sie fror tatsächlich etwas. Die Nervosität war ihr deutlich anzumerken..
„Ich freue mich, dass Sie sich so gut eingelebt haben“, meinte Neumeier. „Davon gehe ich jetzt mal aus. Nur wer sich wohl fühlt, kann so effektiv arbeiten.“
„Das stimmt“, sagte Johanna und ihr gelang tatsächlich ein Lächeln. „Es freut mich, dass ich Sie mit meiner Arbeit überzeugen konnte.“
Leon Neumeier lachte und er sah dabei so entspannt und gut aus wie ein Werbemodel für ein Luxus-Spa auf den Malediven. Er schenkte eine Tasse Kaffee ein und schob sie Johanna hin.
„Ich bin froh, dass ich Sie eingestellt habe“, sagte er und seine Stimme vibrierte dabei etwas.
Johanna hielt das Milchkännchen über die Tasse und konzentrierte sich darauf, ja nichts zu verkleckern. Blödes Zittern, der Vortrag war doch längst vorbei!
„Entschuldigen Sie, dass ich Sie so direkt frage. Es ist vielleicht unhöflich, aber: Geht es Ihnen privat auch gut? Ich meine, ich sehe keinen Ehering.“ Er tippte auf seine Hand, in der er den Füller hielt.
Johanna starrte ihn an. Was wollte er wissen? Ob sie bald schwanger würde und ihre Arbeitskraft dann ausfiel?
„Ja, also nein. Ich bin nicht verheiratet und habe es auch nicht vor. Also, irgendwann schon. Aber nicht jetzt“, stotterte Johanna. Kribbeln an den Wangenknochen.
„Schade! Aber man soll ja wirklich nichts überstürzen. Ich war bereits verlobt. Und jetzt? Hat leider doch nicht geklappt.“ Er lächelte und schien nichts zu bedauern.
Johanna dachte an Sabrina, seine Lebensgefährtin, und deren Auftritt bei ihrem Vorstellungsgespräch. Sie stellte sich die junge Frau schwierig und anstrengend vor.
„Schade!“, raunte Johanna.
„Jetzt sitze ich allein in meinem neuen Haus. Dabei hatte ich mir Kinder gewünscht. Wie ist das bei Ihnen?“, fragte er.

Johanna versteifte sich. War das ein Verhör?
„Ich bin nicht schwanger!“, entfuhr ihr.
Leon Neumeier sah sie erstaunt an. Dann lachte er und ließ sich dabei in die Rückenlehne sinken. „Das wollte ich gar nicht wissen!“, versicherte er. „Ich möchte wissen, ob Sie sich irgendwann Kinder wünschen. Aber Sie haben recht. Es geht mich nichts an! Entschuldigen Sie bitte, ich wollte nur mit Ihnen plaudern. Vielleicht habe ich das einfach falsch angestellt. Sie haben mich eben – etwas verwirrt.“
Er stand auf und kam zu ihr. Knöpfte seinen Blazer zu und reichte ihr die Hand. „Vielleicht können wir zu einem anderen Zeitpunkt mal eine entspannte Unterhaltung führen. Ich würde mich jedenfalls sehr freuen.“
Johanna stand auf und reichte ihm die Hand. Er hielt sie fest. Sie war warm und fühlte sich angenehm an. Sie konnte sein dezentes Rasierwasser riechen und es auf der Stelle gut leiden. Immer noch hielt er die Hand. Auf was wartete er?
„Das würde mich auch freuen!“, hörte sich Johanna sagen. Er hat wirklich schöne Augen, verboten schön!, dachte sie.
Es klopfte und die Chefsekretärin trat ein. „Ein wichtiger Anruf für Sie. Sie sind doch hier fertig, oder?“
Erst jetzt ließ Neumeier ihre Hand frei, betont langsam, ohne Eile.
Johanna packte ihre Sachen zusammen. Sie fühlte sich, als habe sie eine Betäubungsspritze erhalten. Als sie aus dem Raum ging, spürte sie seinen Blick so intensiv, als berühre er tatsächlich ihren Rücken.

Staatsanwalt Reichlin stand neben Peter Hoffmann, der etwas in ein Notizbuch notierte. Einige Passanten hatten sich hinter der Absperrung versammelt und versuchten neugierig einen Blick in die Filiale zu erhaschen. Schneeregen hatte eingesetzt und auf dem marineblauen Wollmantel des Staatsanwalts sammelten sich die Kristalle, als hätten sich Schuppen aus der Kopfhaut gelöst.
„Morgen, die Herren!", grüßte Reichlin. „Alles Routine hier, wie mir scheint. Schon eine Spur?"
Kremmel hustete, deutete auf seinen Hals und zuckte die Schultern. Als Florian merkte, dass er nicht reden konnte oder wollte, antwortete er: „Wir haben erste Hinweise aufgenommen und warten auf die Ergebnisse der Spurensicherung. Nehme an, dann wissen wir wie immer mehr. Alles Routine."
„Sie wissen, ich bin an schneller Aufklärung interessiert. Im Dezember kommen wieder verstärkt Touristen. Da können wir keine Mordopfer in Banken oder sonst wo gebrauchen. Verstanden? Ich habe gerade die Obduktion angeordnet und erwarte baldmöglichst Ihren Bericht. – Jetzt muss ich zum Oberstaatsanwalt. Meine Herren!" Reichlin hob die Hand zum Gruß und wandte sich zum Gehen.
Als er ins Auto stieg, murmelte Kremmel: „Alles Routine!
Als ob ein Mord je Routine sein könnte!" Dann brummte er etwas Unverständliches.
Florian grinste. „Dann fahren wir mal routinemäßig zur Wohnung des Toten. Einverstanden?"

Die Wohnung, in der Mladen Danvac gelebt hatte, lag in einem modernen Neubau am Rande von Freyung. Die kleine Wohnanlage machte einen gepflegten Eindruck. Es gab sechs Klingelknöpfe und Florian drückte bei „Danvac". Er biss auf die Lippen. Was würde sie diesmal erwarten? Wie skurril er diese Augenblicke immer empfand: Bei einem Menschen zu klingeln, der seit Kurzem verstorben war! Doch es war ja nie auszuschließen, ob es Angehörige gab, die in dieser Wohnung lebten.
„Ja, bitte?", ertönte es aus der Sprechanlage.
„Kriminalpolizei Freyung, Wallner. Guten Morgen. Würden Sie uns bitte die Türe öffnen?", bat Florian.

„Was wollen Sie?", fragte die Stimme.
„Wir erklären es Ihnen gleich."
Die Türautomatik summte. Kremmel nickte Florian zu. Schon im Erdgeschoss befand sich die Wohnung von Mladen. Eine junge Frau stand, mit pinkfarbener Legging und grauem Sweatshirt bekleidet, im Türrahmen, die Tür nur einen Spalt breit geöffnet. Misstrauisch beäugte sie Kremmel und Wallner. „Was wollen Sie?", wiederholte sie.
Werner Kremmel hielt den Dienstausweis so, dass ihn die junge Frau betrachten konnte. „Dürfen wir kurz herein kommen?", krächzte er.
„Wieso? Können Sie mir nicht hier sagen, was Sie wollen?"
„Weil es besser so ist", meinte Florian genervt.
„Ich habe nicht mit Gästen gerechnet und es ist noch nicht aufgeräumt!", sagte die junge Frau.
„Wir sind keine Gäste und es macht uns nichts aus, ob aufgeräumt ist!", meinte Florian. „Wie heißen Sie?"
Die Frau verschränkte die Arme. „Amela Bocic. Wieso?"
Kremmel räusperte sich. „Frau Bocic, kennen Sie einen Herrn Mladen Danvac?"
Die junge Frau hob die Schultern. „Klar, das ist mein Freund. Wir wohnen hier zusammen. Aber das wissen Sie doch. Steht auf dem Türschild!"
„Frau Bocic, es tut uns leid, Ihnen mitteilen zu müssen, dass Herr Danvac tot ist. Er starb heute Morgen bei einem Überfall auf die Raiffeisenbank", sagte Kremmel leise.
Amela starrte ihn an. Dann sah sie hilfesuchend zu Florian.
„Nein! Das kann nicht sein. Er wollte gar nicht zur Bank, sondern zu einem Freund. Sie müssen sich irren!" Sie schüttelte den Kopf.
„Es ist leider kein Irrtum", bestätigte Florian. „Mein Beileid!"
Amela schlug die Hände vors Gesicht, ballte sie gleich darauf zu Fäusten. „Nein! Sie lügen! Mladen hätte mich nie angelogen! Und warum sagen Sie mir das im Hausflur! Haben Sie kein Mitgefühl?"
Florian biss auf die Lippen. Er hatte Verständnis für die Reaktionen der Hinterbliebenen, aber manchmal kostete es Kraft, beherrscht zu bleiben. „Wir baten Sie darum, in die Wohnung zu dürfen."
Da drehte sich Amela um und ging hinein. Sie ließ die Tür offen und die Beamten folgten ihr. Es sah in der Tat nicht aufgeräumt aus. Diese Bezeichnung schmeichelte. Eine durchschnittliche Hausfrau wäre gut

zwei Tage beschäftigt gewesen, in Küche und Wohnzimmer, deren Türen offen standen, wieder Ordnung zu bringen und zu putzen. Amela stand jetzt in der Küche und drückte ihr Gesicht in ein Handtuch.
„Wir wollten heiraten! Und jetzt das! Wie gemein von ihm, mich einfach hier alleine zu lassen! Wieso? Wie ist es passiert?“ Amela sah Florian klagend an. Ihre Wimperntusche war verschmiert und hatte auch auf dem Handtuch dunkle Spuren hinterlassen.
„Wir beginnen erst mit den Ermittlungen. Ihr Freund war gerade in der Filiale, als ein Mann diese überfallen wollte. Wieso er geschossen hat, wissen wir noch nicht. Vielleicht können Sie uns helfen, den Mörder Ihres Freundes zu finden?“, sagte Florian.
Er beobachtete, wie Werner durch das Wohnzimmer schritt, so vorsichtig, als bewegte er sich auf einem Minenfeld. Es lagen viele Gegenstände auf dem Boden verstreut.
„Sie sprachen von einem Freund, zu dem Mladen wollte. Wie heißt er und wo wohnt er?“, wollte Florian wissen.
Amela fing an zu weinen. Ihre Schultern bebten und sie konnte kaum sprechen. „Er … es ist …“
Florian hasste diese Augenblicke. Er hasste es, die Nachrichten vom Tod eines lieben Menschen überbringen zu müssen. Aber sie gehörten zu seinem Beruf und er liebte seinen Beruf.
„Bitte, es ist wichtig!“, bat er so sanft wie möglich.
„Es ist … Pepe Zumbusch“, schluchzte sie.
Florian holte sein Notizbuch heraus. „Wo finden wir ihn?“
„In Passau. Sein Büro ist in Passau, am Hafen.“ Sie nannte mit brüchiger Stimme die genaue Adresse. „Kann ich …“
Sie sah Florian an. „Kann ich ihn noch einmal sehen?“
Florian atmete tief ein. „Im Moment nicht. Herr Danvac kommt in die Gerichtsmedizin. Wenn die Untersuchungen abgeschlossen sind, werden wir Sie anrufen.“
Amela fing wieder an zu weinen. Ihr zierlicher Körper bebte. „Es tut mir leid!“, sagte Florian leise.
Sie sah ihn an. „Wir wollten doch heiraten!“
Er nickte. Was sollte er auch sagen? Er dachte an Johanna, an ihr unsinniges Streitgespräch. Verdammt, er musste offen mit ihr über dieses Thema sprechen!

„Frau Bocic?" Kremmel stand plötzlich in der Küche und hielt einen Fotorahmen in der Hand. „Wer ist der Mann neben Ihrem Freund?"
Amela fing noch mehr an zu weinen. Es dauerte einige Sekunden, bis sie wieder sprechen konnte. „Das ist Pepe!"
„Wer?", krächzte Kremmel.
„Ich weiß, wer. Passt schon! Dürfen wir das Foto haben? Sie bekommen es wieder", versprach Florian.
Amela nickte. „Rufen Sie mich an, wenn ich ihn noch mal sehen kann?", schluchzte sie.
„Versprochen!", sagte Florian.

„Das ist eine Kneipe, aber kein Büro!", brummte Kremmel. Sie standen vor dem Haus mit der von Amela genannten Adresse.
Von der Donau kam ein eisiger Wind. Florian fröstelte. Jetzt bereute er es, am Morgen nur einen Espresso getrunken und nichts gegessen zu haben. Er lehnte sich gegen die Tür. Sie war nicht verschlossen und gab nach. Augenblicklich stand er in einem düsteren Raum. Es roch nach Knoblauch und, trotz Rauchverbot in öffentlichen Gebäuden, auch stark nach kaltem Rauch.
„Nix offen! Erst ab 16.00 Uhr!", rief eine weibliche Stimme.
Erst jetzt nahm Florian die Frau hinter dem Tresen wahr. Sie trug eine hellblaue Kittelschürze und Gummihandschuhe.
„Sind Sie die Putzfrau?", fragte Florian. „Wir suchen Herrn Zumbusch."
„Nix Putzfrau! Nur helfen. Gute Freundin helfen umsonst. Verstehen?", fragte die Frau, die bestimmt schon vor Langem ihren 50. Geburtstag gefeiert hatte.
„Wie heißen Sie?", fragte Kremmel. Seine Stimme klang halbwegs hergestellt. Erstaunt blickte ihn Florian an.
„Aisha. Gute Freundin von Pepe", antwortete sie.
„Dann wissen Sie ja bestimmt, wo Pepe ist", meinte Kremmel.
„Nix wissen. Pepe hat nix gesagt. Musst du Abend wieder kommen!"
„Dann ist Herr Zumbusch sicher da?", fragte Florian.
„Sicher nix wissen. Nur Freundin!", meinte Aisha.
Kremmel rollte die Augen. „Ich fahre heute Abend noch mal her",

brummte er und nickte Florian zu. „Lass uns hier keine Zeit verschwenden. Reicht schon, dass wir umsonst nach Passau gefahren sind. Vielleicht gibt es schon Näheres vom Tatort. Lass uns ins Büro fahren."

Florians Magen knurrte wie ein hungriger Wolf. Er freute sich plötzlich aufs warme Büro, einen Kaffee und etwas zu essen.

Paul Gschwender stand am Fenster. Seit einigen Minuten starrte er hinaus. Sah den Schneeflocken hinterher. Es würde sein zweiter Winter in der Buchwald Klinik werden. Paul war sich sicher, dass kein dritter Winter folgen würde. Das hielt er nicht aus. Klinik nannten sie das. Es war ein Gefängnis! Ein Gefängnis mit nervenden Ärzten und Psychologen. Letztere quälten ihn besonders. Laberten stundenlang sinnloses Zeug. Schlecht wurde ihm davon! Er war nicht krank! Er war nicht verrückt im Kopf!
Gut, er hatte zwei Frauen vergiftet. Die eine hatte seine Liebe verschmäht und es nicht anders verdient. Die andere war ein gefallenes Mädchen, das keine Heimat mehr und keine Zukunft hatte. Gut, er hatte auch versucht Johanna Brandner zu vergiften. Aber das war doch etwas ganz anderes. Er liebte Johanna und hatte mit ihr sterben wollen! Stattdessen hatten sie ihnen die Bäuche ausgepumpt, jedes Mikrogramm der Knollenblätterpilze beseitigt! Widerlich – nicht die Pilze, das Auspumpen!
Johanna!
Wenn er an sie dachte, wurde ihm warm. Dann war Sonne in seinem Herzen und sein Leben hatte einen Sinn. Doch sie sperrten ihn weg und er wusste nicht, wie es ihr ging. Was machte sie wohl, da draußen? Ob sie einen Freund hatte? Hoffentlich nicht diesen Schnösel von Kommissar, der sie „gerettet" hatte. Blöder Kerl, er hatte sie nicht verdient!
Gerade war wieder so ein Seelenverdreher da gewesen. Hatte mit ihm geredet. Therapie nannten sie das! Er tat ihnen den Gefallen. Spielte das Spiel mit. Du großer Arzt, ich kleiner Patient. Ja, ja, ja, ich will gesund werden. Nie wieder böse sein. Versprochen!
Er sagte das, was sie hören wollten. Er war ja nicht dumm. Die hingegen schon. Sie merkten nichts! Waren zufrieden mit ihm!
Diese Idioten!
Paul hauchte an das kalte Fenster. Sein Atem hinterließ einen Nebelfleck, so groß wie eine Untertasse. Mit dem Zeigefinger zeichnete er den Umriss eines Herzens. Dann schloss er die Augen und küsste die Fensterscheibe. Johanna, das ist dein Kuss, dachte er. Wo immer du bist, ich finde dich!
Etwas krampfte sich in seiner Brust. Diese Sehnsucht. Sie würde ihn noch umbringen. Wie lange hielt er das noch aus?

Jemand klopfte und sperrte die Tür auf. Blitzschnell fuhr Paul mit dem Ärmel über die benetzte Fensterscheibe. Schon wieder ein Psychologe? Entnervt drehte er sich um.
Dr. Herbert Ostwendler stand in Pauls Zimmer. Der Klinikchef höchstselbst! Welche Ehre! Paul verzog seinen Mund, versuchte dann aber zu lächeln. Spiel ist Spiel!
„Herr Gschwender, wie geht es Ihnen heute?“, fragte Dr. Ostwendler.
Paul streckte sich. „Danke der Nachfrage. Mir geht es gut. Was führt Sie zu mir?“
Dr. Ostwendler versteckte beide Hände in den Taschen seines geöffneten Arztkittels. Er war einer der wenigen, die hier einen weißen Kittel trugen. Und er kam gleich zur Sache. „Herr Gschwender, ich muss Ihnen leider mitteilen, dass Ihre Mutter einen Schlaganfall erlitten hat. Im Moment sieht es nicht gut aus. Sie liegt in Passau im Klinikum. Man bemüht sich dort um sie. Wenn es Neuigkeiten gibt, werden wir Sie selbstverständlich sofort informieren.“ Dr. Ostwendler nickte ihm zu.
Paul ballte die Fäuste. Sie hatten es also geschafft! Hatten erreicht, dass seine kleine Familie entzwei brach, an seiner Inhaftierung scheitern musste. Mutter hatte sich sehr aufgeregt, über all das was passiert war. Dass er eingesperrt wurde, der einzige Sohn, der Hoferbe, das hatte sie nicht überwunden. Und jetzt hatte sie der Schlag getroffen. Das hatten sie nun davon!
„Kann ich zu ihr?“, fragte er. In diesem Moment hatte er wirklich große Sehnsucht nach seiner Mutter.
„Das ist leider nicht möglich, Herr Gschwender. Sie wissen auch, warum“, antwortete Dr. Ostwendler so sanft, als spreche er eine Gute-Nacht-Geschichte für seine Tochter.
Paul straffte seine Schultern. Erst jetzt kam ihm ein Gedanke. Der Gedanke! Ja, es wäre eine Möglichkeit.
„Warum nicht? Und wenn sie stirbt? Ich *muss* sie noch einmal sehen. Bitte!“, flehte er.
Dr. Ostwendler wandte sich, griff mit einer Hand zu seiner Brusttasche und zog einen Kugelschreiber heraus. Drehte ihn und steckte ihn zurück in die Tasche. „Es geht nicht. Wir halten Sie auf dem Laufenden.“

„Habe ich nicht ein Recht darauf? Es ist ein Krankenbesuch, ein Notfall! Man muss mich doch wie einen Menschen behandeln!“, begehrte Paul auf.
„Haben Sie denn wie ein Mensch gehandelt? Damals!“ Dr. Ostwendler fixierte sein Gesicht.
„Ich bereue es ja zutiefst!“, log Paul. Er bemühte sich um einen besonders traurigen Gesichtsausdruck. Es ging ihm ja gar nicht um die Mutter, die ihn so oft mit ihrem sturen Wesen und ihrer erdrückenden Liebe gequält hatte. Es ging um einen Schritt in die Freiheit!
Dr. Ostwendler seufzte. „Ich will sehen, was sich machen lässt. Aber versprechen kann ich nichts! Und im Moment hat es sowieso keinen Sinn. Ihre Mutter ist nicht ansprechbar. Wir verbleiben, wie besprochen!“, sagte der Klinikchef und wandte sich zum Gehen. Gleich darauf schloss sich die Tür hinter ihm, wurde wieder verriegelt. Paul stand alleine in seinem Zimmer.
Er drehte sich erneut zum Fenster und starrte hinaus. Der Schneeregen hatte sich verdichtet. Paul fühlte sich leer und verloren. Er sehnte sich nach Johanna. Wie gerne er sie jetzt in seinen Armen gehalten hätte. Es musste geschehen. Verdammt, es musste!

Gabi Leinert riss die Tür zum Büro auf und wedelte mit dem roten Pappordner. „Die ersten Ergebnisse der Spurensicherung!", rief sie und lächelte stolz. Sie trug ihr Haar wie so oft in letzter Zeit hochgesteckt und pustete eine schmale Haarsträhne aus dem Gesicht.
„Unsere Gabi, schwungvoll wie immer. Es zahlt sich doch aus, dass du mit Bernd verbandelt bist. Seitdem bekommen wir unsere Berichte viel schneller!" Werner Kremmel grinste und schob sich mitsamt dem Bürostuhl etwas zurück. Wohlwollend musterte er die junge Assistentin.
„Ja, es gibt Männer, die wissen was sie wollen!", sagte Gabi und wie zufällig streifte ihr Blick Florian. Er tat, als hätte er es nicht bemerkt.
„Also, spann uns nicht auf die Folter. Was gibt es Neues?", wollte Kremmel wissen.
Gabi überreichte den Ordner. „Das Opfer wurde mit einer Jagdpistole erschossen. Das Kaliber passt zu Pistolengattungen, die Jäger für Gnadenschüsse oder zum Schutz der eigenen Person verwenden."
„Zum Schutz der eigenen Person?", unterbrach Kremmel. „Etwa wenn sich der Keiler nicht erschießen lassen will und aus dem Dickicht herausstürzt, um den Jäger umzurennen?"
Gabi rümpfte ihr Näschen. „So in etwa vielleicht? Ich kenne keinen Jäger."
„Doch, Bernd! Er ist Spurenjäger", grinste Kremmel.
„Wollt ihr jetzt etwas vom Bericht hören, oder …?"
„Doch, wir sind ganz Ohr!", versprach Florian.
„Die passenden Projektile wurden gefunden. Dort, wo der Täter in etwa gestanden hat, wurden Speichelspuren und Haare gefunden. Da der Täter aber eine Mütze trug, sind sie wahrscheinlich nicht von ihm. Die DNA des Speichels dauert noch. Profilabdrücke gibt es dank des feuchten Wetters auch. Da der Überfall gleich nach Geschäftsbeginn stattfand, gibt es kaum andere Abdrücke. Allerdings wurde die Filiale wohl am Vortag nicht geputzt und die Sohlen des Täters waren feucht. Das erleichtert die Eingrenzung nicht unbedingt." Gabi holte kurz Luft.
„Hast du nichts Stichhaltigeres?", fragte Kremmel gequält und nahm einen Schluck aus seiner dampfenden Teetasse.
„Bis jetzt nicht. Aber ihr sollt mal zu Bernd gehen und euch das Vi-

deoband ansehen.“ Gabi ging zur Tür. „Der Obduktionsbericht dauert natürlich auch noch. Soviel ich weiß, ist Dr. Kay aber schon beauftragt. Er ruft euch an.“
„Danke!“, sagte Kremmel und hustete.
„Ganz schön erkältet! War es so zugig auf Teneriffa?“, fragte Florian, als Gabi das Büro verlassen hatte.
Werner Kremmel antwortete nicht, sondern trank nochmals Tee. Seine Lesebrille beschlug. „Danke. Es war sehr schön. So schön, dass ich bereue, hier zu sein!“ Er sah Florian herausfordernd an.
Dieser pfiff leise. „Wie heißt sie denn?“
„Sabine!“
Florian richtete sich in seinem Bürostuhl auf, fuhr sich mit beiden Händen durch die Haare. Damit hatte er nun gar nicht gerechnet. Nicht nur, dass Werner mal etwas Privates durchblitzen ließ. Die Offenheit machte ihn sprachlos. Dass er tatsächlich Damenbekanntschaft gemacht hatte, war noch wundersamer. Kremmel, der alte Fuchs, der erfahrene Hauptkommissar war doch eingefleischter Junggeselle. Hatte sich Florian so getäuscht? Oder war es nur ein Schutzschild von Werner, einer, der die Richtige nur zu leicht durchbrechen konnte?
„Sieh an!“, brachte Florian dann doch hervor. „Nicht schlecht!“
„Das kannst du laut sagen!“, sagte Kremmel und trank wieder Tee.
Als er die Tasse absetzte, sah er seinen jungen Kollegen ruhig an.
„Deine Laune ist aber auch nicht gerade in Hochform. Ich dachte, du bist jung und verliebt. Johanna ist doch ein prima Mädchen! Ihr macht doch keine Faxen, oder?“
Florians Miene verdunkelte sich augenblicklich. Er hatte keine Lust zu reden. Überhaupt nicht. Und wenn schon, dann mit Johanna. Leider hatte er keine Ahnung, wie er das anstellen sollte. Vielleicht Blumen kaufen? Er würde es nicht mehr schaffen, bevor die Geschäfte schlossen. Außerdem hatte er nichts zu entschuldigen. Oder doch?
„Junge, Junge!“, sagte Kremmel, weil er keine Antwort erhielt. „Ich sag‘ es ja immer: Kommt eine Frau ins Spiel, wird es kompliziert. – Komm, lass uns zu Bernd gehen. Wenigstens davon verstehen wir was!“

Als Johanna um kurz nach 19 Uhr die Wohnungstür aufschloss, hoffte sie nicht, dort bereits Florian vorzufinden. Und wirklich, alles lag im Dunklen. Für einen Moment stand sie da und lauschte. Wie still es war! Und der Kühlschrank stand so leer da, wie ein Ausstellungsstück im Elektromarkt. Sie seufzte und überlegte, was sie kochen sollte. Gerade als sie das Licht einschaltete und gleichzeitig ihren Laptop absetzte, läutete das Telefon. Es war Sophia.
„Johanna, da bist du ja. Warst du noch beim Einkaufen?"
„Mama! Schön wär's!", sagte Johanna und ihre Stimme klang eine Spur schärfer, als ihr lieb war. Ihre Mutter konnte nichts dafür. Nichts, dass sie so lange im Büro geblieben war und nichts, dass Florian einen Beruf hatte, der weder für Partnerschaften und schon gar nicht für Familien förderlich war. „Ich komme gerade aus dem Büro, habe Hunger und bin eigentlich zu müde zum Kochen. Florian ist noch nicht zu Hause", erklärte Johanna.
„Ohje!", entfuhr es Sophia. „Ich habe Wirsingeintopf da, aber das nützt euch nichts. Weißt du was, ich koche mal für euch vor und friere das Ganze in passenden Portionen ein. Wäre das nicht praktisch?"
„Schon. Irgendwie. Sag mal, gibt es was Besonderes, ich muss wirklich noch kochen, weißt du."
„Ich will dich nicht aufhalten, sondern wollte dir nur kurz sagen, dass Hilde heute in aller Herrgotts Früh' mit dem Krankenwagen abgeholt wurde", sagte Sophia. „Natürlich weiß niemand, was genau los ist, aber in Ringelai redet fast jeder drüber."
Johanna fuhr sich durch die Haare und rieb eine Schläfe. „Ja, schlimm für die Hilde. Aber da kann ma' nix machen. – Geht es Oma gut?"
„Ja, Gott sei Dank!", sagte Sophia.
„Das ist das Wichtigste!" Johanna verabschiedete sich. Dann zog sie sich um und bereitete Spagetti mit einer Tomatensoße zu. Wieder mal. Morgen musste es klappen mit dem Einkaufen!
Lustlos stocherte sie im Essen. Dachte an Hilde. Wie es ihr wohl ging? Und Paul! Ob er wohl davon erfuhr? Was mochte aus ihm geworden sein? Sie schauderte und fühlte sich plötzlich alleine. Wo blieb nur Florian? Würde das jetzt immer so laufen, ein ewiges Warten auf ihn? So konnten sie doch keine Familie gründen! Ein zweites Mal an diesem Tag fühlte es sich an, als legte sich ein enges Band um ihren Magen.

Sie sah zum Herd, wo sein Abendessen stand. Die Nudeln würden trocken und die Soße kalt werden. Wieder einmal.

Als Johanna erwachte, versuchte sie zu erkennen, wie spät es war. Zwei Uhr morgens! Auf dem Sofa hatte sie gekauert und auf Florian gewartet. Irgendwann gegen elf hatte sie sich ins Bett geschleppt.
Nun lag etwas in Brusthöhe auf Ihrer Bettdecke. Sie erschrak, bis sie die Umrisse von Florians Plüschbär aus Kindertagen erkannte. Vorsichtig tastete sie nach dem Schalter der Nachtischlampe. Am Bauch des zerzausten Kuschelbärs haftete ein Post-it-Zettelchen.
„Sorry!" und „Ich hab dich lieb!" stand drauf. Florian!
Erst jetzt drehte sich Johanna zur Seite. Tatsächlich, da lag er auf seiner Betthälfte und schlief so leise wie ein Säugling.
Johanna lächelte, drückte den Bär an sich und knipste das Licht aus. Da spürte sie plötzlich seine Hand an ihrer Hüfte! Sie nahm die seine in ihre Hand und er drückte sie. Johanna war mit einem Mal hellwach. Sie wollte Florians Körper spüren, seine Nähe und Wärme fühlen. Ihn drücken und nie mehr los lassen. Sie drehte sich zur Seite und in diesem Moment wandte er sich ihr zu.
„Hallo Maus!", flüsterte Florian zärtlich und küsste sie. Zaghaft zuerst, wie ein unsicherer Teenager, doch dann mit einer Leidenschaft, die ihren Atem beschleunigte. Seine Hand wanderte unter ihr Schlafshirt. Tastete, liebkoste. Genau jene Stellen, die ihr Schauer über die Haut jagten und gleichzeitig prickelnde Wärme erzeugten. Sie zog an seinem Shirt. Auch er zerrte am Stoff und als sie seine Haut endlich spürte, glaubte sie, an einem Sommertag am Sandstrand zu liegen. Er flüsterte zärtlich ihren Namen, ganz nah am Ohr. Johanna fühlte sich getragen wie ein kleines Boot auf den Wellen des Meers. Sie ließ sich fallen und wurde aufgefangen. Und als sie schließlich müde in Florians Armen lag, war es ihr egal, ob er sie mit Brief und Siegel zu seiner Frau machen würde. Ohne Zweifel – längst war er der Mann, der zu ihr gehörte!

„Noch a' Halbe?", fragte der Mann hinter dem Tresen.
Werner Kremmel blickte von seinem Handy auf die Uhr und nickte, ohne den Mann anzusehen.
„Rührt's se sie nimmer, des Luada?", brummte der Barmann, als er das frische Bier vor Kremmel auf den Tresen stellte. Werner brauchte ein paar Sekunden, bis er verstand, was der Mann meinte.
„Meine Freundin? Doch, alles in Ordnung!", meinte er und lächelte in sich hinein. Gerade hatte er Sabines SMS gelesen. Sie schrieb, dass sie ihn treffen wollte. Unbedingt. Ihm wurde warm in der Magengrube und fast hätte er vergessen, weshalb er hier saß. In einer Hafenbar weit nach Mitternacht.
„Ist Pepe da?", fragte er und nahm einen Schluck Bier, fixierte dabei das Gesicht des Barmanns. Dieser zuckte die Schultern, doch seine Augen sahen blitzschnell zu der Tür, die neben der Toilettentür lag und die Aufschrift „Privat" trug. Schon seit über einer Stunde beobachtete Kremmel, dass dort immer wieder Männer hinter dieser Tür verschwanden. Manche davon waren wieder heraus gekommen.
„Kenn koan Pepe!", brummte der Barkeeper.
„Geh weida, wirst deinen Chef net kennen!", grunzte Kremmel.
Der Barmann runzelte die Stirn, dann grinste er. „Ah, den Pepe moanst! Für mi is des da Peda!"
„Na also, sag'n ma's halt hochdeutsch: Ist Peter Zumbusch da?", wiederholte Kremmel seine Frage.
Der Barmann warf ein Geschirrtuch über die Schulter und stemmte die Hände in die Hüften. „Wieso willst'n des wissen?"
Kremmel fischte seinen Dienstausweis hervor. Er hatte ihn noch nicht richtig hergezeigt, brummte der Barmann schon: „Hab' i ma's doch glei denkt. A Kriminaler! Mi wundert's, dass du ned a Milli b'stellt hast!" Er griff zu einem Handy, drückte ein paar Tasten und wandte sich ab.
Kremmel nahm sein Glas und wunderte sich. Sah man ihm seinen Beruf so an? Vielleicht hätte er keinen Kaschmirpulli tragen sollen. Obwohl dieser schon älter war und ihn kleine Wollkügelchen verunzierten, ärgerte sich Kremmel über seine Nachlässigkeit.
Es dauerte ungefähr zehn Minuten, dann öffnete sich die „Privat"-Tür und ein bulliger Mann trat heraus. Er trug Jeans und – einen

Kaschmirpullover mit Rautenmuster! Zielstrebig trat er auf Kremmel zu. „Sie wollten mich sprechen?"
„Guten Abend", sagte Kremmel. „Können wir uns wo ungestört unterhalten?"
„Kommen Sie mit in mein Büro!"
Werner Kremmel folgte dem Mann. Es ging wieder durch die Tür hindurch. Sie standen in einem engen Flur, von dem aus man drei weitere Türen öffnen konnte. Eine davon riss Zumbusch auf.
„Also, was gibt es?" Er verschränkte die Arme. „Ich hab' den Kollegen vom Ordnungsamt schon gesagt, dass bei mir immer geschlossene Gesellschaft ist. Bei mir darf man rauchen!"
Kremmel schüttelte den Kopf. „Darum geht es nicht. Kennen Sie Mladen Danvac?"
Zumbusch nickte. „Was ist mit ihm?"
„Er ist tot. Er wurde heute Vormittag erschossen." Kremmel wartete auf eine Reaktion, doch Zumbusch runzelte nur ein wenig die Stirn, antwortete aber nichts.
„Seine Freundin Amela sagte, Mladen wollte sich heute mit Ihnen treffen."
„Das stimmt!", brummte Zumbusch.
„Und Sie haben sich nicht gewundert, dass er nicht kommt?", wollte Kremmel wissen.
Zumbusch zuckte die Schultern. „Bin ich sein Kindermädchen? Ist ihm halt was dazwischen gekommen."
Kremmel fuhr mit einer Hand in seine Hosentasche. Zu gerne hätte er ein Kräuterbonbon genommen, hatte jedoch keines bei sich. Dafür vibrierte sein Handy. „Ja, es ist im wohl was dazwischen gekommen. Zwei Kugeln, um es genau zu sagen. – Was wollten Sie mit ihm besprechen?"
Schon wieder zuckte Zumbusch die Schultern. Hatte der Schluckauf? Kremmel ärgerte sich. Er war müde und er konnte Menschen nicht leiden, denen man jedes Wort aus der Nase ziehen musste. „Sehr betroffen sind Sie ja nicht."
Zumbusch schüttelte den Kopf. „Was soll ich sagen? Ich habe keine Ahnung, wieso ihn jemand umbringt. Echt nicht. Schade, er war ein feiner Kerl. Der wollte heiraten, die arme Sau war so verliebt."

„Meinen Sie denn, dass er umgebracht wurde? Ich sagte nur, dass er tot ist. Glauben Sie, er hatte Feinde und wenn ja, warum?“, fragte Kremmel.
Zumbusch fuhr sich mit einer Hand durchs Haar. Durch die enorme Geleinlage hätte sich ohnehin kein Häarchen lösen können. „Der und Feinde? Also, nee. Und wenn einer erschossen wird, dann doch meistens mit Absicht. Also, was labern Sie für Zeug, von wegen wissen und so?“ Zumbusch verschränkte wieder die Arme und Kremmel konnte ihn sich gut als Trainer in einem Boxstall vorstellen. Er zog seine Karte hervor. Er hatte vorerst genug gesehen.
„Hier, falls Ihnen noch was einfällt. Rufen Sie mich an. Amela sprach von einem Büro. Haben Sie noch ein Büro oder ist das hier Ihre Arbeitsadresse?“
„Blödes Weibergeschwätz! Ich hab kein Büro. Sie finden mich hier. Und jetzt begleite ich Sie hinaus!“
„Danke“, sagte Kremmel. „Ich finde schon selbst hinaus.“
Trotzdem begleitete ihn Zumbusch. Am Tresen bezahlte Kremmel noch seine Zeche und ging hinaus. Der eisige Wind hatte etwas nachgelassen. Er atmete tief durch und holte sein Handy hervor.
„Vermisse dich so! LG Bine“
Er ließ das Handy wieder in die Tasche gleiten und behielt die Hände gleich drin. „Ich dich auch!“, flüsterte er und machte sich auf den Weg zu seinem Auto.

Als Florian am nächsten Morgen ins Büro kam, saß Gabi auf seinem Platz. Sie sprang sofort auf. Kremmel sah ihn über den Rand seiner Brille grinsend an. „Na, auch schon aus den Federn gekommen?“, fragte er.
„Hab‘ verschlafen“, murmelte Florian.
Kremmel grinste noch mehr. „Würd‘ auch gern verschlafen. Aber bestimmt bist du gleich wach. Unsere Gabi war mal wieder fleißig und hat herausgefunden, dass Mladen ein alter Bekannter war.“
Florian ließ sich in den Bürostuhl fallen. Seine rechte Schulter schmerzte und er rieb verstohlen den Nacken. Er war Arm in Arm mit Johanna eingeschlafen und dabei hatte sich wohl ein Nerv geklemmt. Waren das schon Alterserscheinungen?
„Na, beim Sport verrenkt?“, grinste Kremmel noch eine Spur breiter.
Florian antwortete nicht, sondern schaltete seinen PC ein. Werner entging aber auch nichts. Berufskrankheit. „Was hast du heraus gefunden, Gabi?“, lenkte er ab.
Sie strich eine Haarsträhne aus dem Gesicht. „Danvac hatte eine Anzeige wegen Erpressung und Körperverletzung. Da könnte ein Zusammenhang bestehen.“
„Das ist nicht auszuschließen.“ Er sah Kremmel an. „Hat die Fahndung nach dem schwarzen Auto etwas ergeben?“
Kremmel schüttelte den Kopf. „Natürlich nicht. Wir sollten uns eher im ‚Kundenkreis‘ von Danvac umsehen. Nicht auszuschließen, dass sich jemand gegen eine Erpressung gewehrt hat.“
„Und der erschießt ihn dann ausgerechnet in einer Bank vor Zeugen und mit Videoüberwachung?“ Florian schüttelte den Kopf.
„Vielleicht war das Zufall?“, meinte Kremmel und kratzte sich an der Schläfe. „Nehmen wir mal an, der Täter war verschuldet und braucht Geld. Er beschließt, eine Bank auszurauben und da wird ihm ausgerechnet sein Peiniger serviert, der Erpresser. Besser ginge es doch gar nicht!“
„Das wäre aber ein zufälliger Zufall!“, meinte Florian. „Allerdings würde die Tatsache einen Sinn ergeben, dass der Täter laut Angaben der Filialleiterin erst geschossen hat.“
„Das ist meines Erachtens mehr als logisch!“, mischte sich Gabi ein und beugte sich etwas über Florians Schreibtisch. Der Anhänger ihrer

Kette bewegte sich rhythmisch über ihrem Ausschnitt. „Das Opfer hat sich nicht eingemischt, sondern wurde einfach hingerichtet. Der Bericht von Dr. Kay liegt schon auf Werners Schreibtisch. Jeder einzelne Schuss wäre tödlich gewesen. Der Täter hat entweder aus purem Zufall so gut getroffen oder er war Schütze, was eigentlich die benutzte Jagdwaffe erklären könnte."
Kremmel nickte. „Gabi hat recht. Und ich war heute Nacht in der Kneipe von Zumbusch. Ich hatte den Eindruck, dass da im Nebenraum was Illegales läuft. Poker oder Zocken gegen bare Münze. Könnte natürlich auch Wettgeschäft sein, oder beides. Auf jeden Fall sollten wir Zumbusch noch mal einen Besuch abstatten. Ich fahre alleine hin und morgen Abend siehst du dir mal an, was da so in den Nebenzimmern läuft. Dein Gesicht kennt er noch nicht."
„Das wird das Beste sein!", meinte Florian. „Kann ich mal bitte den Bericht sehen?" Er streckte seine Hand aus und zuckte leicht zusammen.
„Sport nur in kleinen Dosen und am besten aufgewärmt", sagte Kremmel und warf die rote Mappe auf Florians Schreibtisch.

„Morgen, Aisha! Ist Pepe da?“, fragte Kremmel. Die Putzhilfe hatte den Hauptkommissar nicht gesehen und zuckte zusammen. Sie deutete auf die Türe mit der Aufschrift „Privat“ und sagte: „Rufen Sie. Glaube Pepe ist dort.“
Gerade als Kremmel die Türe öffnen wollte, wurde diese aufgerissen und Zumbusch trat hindurch. Erstaunt sah er Kremmel an. „Sie schon wieder?“
„Ja, so schnell kann es manchmal gehen“, meinte Kremmel. „Sie haben mir gestern ganz vergessen zu sagen, dass Ihr Freund Danvac wegen Erpressung polizeibekannt war.“
Zumbusch verschränkte die Arme. „Hab‘ Ihnen schon mal gesagt, dass ich nicht sein Kindermädchen bin. Wen soll er denn erpresst haben? Und falls ja, hängt er das doch nicht an die große Glocke.“
„Sie wissen also nichts und haben natürlich erst recht nichts damit zu tun?“, hakte Kremmel nach.
Zumbusch sah ihn gelangweilt an. „Ich wette, Sie wissen nicht mal, was Ihr kleines Frauchen so alles macht. Außerdem war Mladen kein enger Freund. Tut mir leid, ich kann Ihnen da nicht helfen.“
Kremmel zog eine Augenbraue hoch. „Ich hab kein Frauchen“, sagte er. „Und was meine Freunde betrifft, weiß ich, was läuft.“
„Wirklich? Wie schön für Sie!“
„Herr Zumbusch, was läuft in Ihren Nebenräumen?“, bohrte Kremmel nach. „Ich konnte gestern beobachten, wie einige Männer hinter dieser Türe verschwanden. Was wollten sie dort? Pokern?“
„Die müssen sich verlaufen haben“, knurrte Zumbusch. „Dort sind nur zwei Nebenräume, mehr nicht.“
„Verlaufen? Sie wollen mich wohl für dumm verkaufen. Bitte zeigen Sie mir die Räume“, sagte Kremmel.
„Haben Sie einen Durchsuchungsbefehl?“
Kremmel atmete tief ein. „Nein, aber der ist schneller besorgt als die Arbeitserlaubnis für Ihre Freundin Aisha!“
Zumbusch kniff die Augen etwas zusammen. „Kommen Sie mit. Ich habe nichts zu verbergen!“, meinte er und drehte sich um. Kremmel folgte ihm.
Die beiden Räume neben dem kleinen Büro, in dem Kremmel in der Nacht gestanden hatte, waren wirklich nur mit einigen Tischen und

Stühlen bestückt. In jedem standen ein großer Flachbildschirm und ein DVD-Rekorder.
„Meine Gäste gucken hier oft Live-Sport, ich biete ihnen etwas und habe ein Sky-Abo. Man muss schließlich mit der Konkurrenz mithalten." Zumbusch grinste.
„Schon klar!", zischte Kremmel. „Wer weiß, vielleicht komme ich mal vorbei und sehe mir ein Bundesliga-Spiel an."
„Nur zu!", brummte Zumbusch.
Als Kremmel kurz darauf vor der Kneipe stand, schob er ein Kräuterbonbon in den Mund und holte sein Handy hervor. „Florian? Ich wette, dass da ein Wettbüro floriert. Sportwetten oder so, vielleicht kombiniert mit Poker. Bitte Staatsanwalt Reichlin, die Konten von Danvac so schnell wie möglich zur Prüfung freizugeben. Vielleicht bekommen wir so weitere Anhaltspunkte. – Hat Gabi die Adressen derer schon gecheckt, die gegen Danvac Anzeige erstattet haben? Gut, dann übernimmst du die Befragung. Ich fahre nochmals zu Frau Sollner. Vielleicht rückt unsere Bankerin mit ein paar Details heraus."

Zuerst war Johanna das kleine Päckchen am Rande des Schreibtisches gar nicht aufgefallen. Als sie vom Mittagessen gekommen war, hatte sie wie gewöhnlich zuerst ihre Mails angesehen und war dann auf die Toilette gegangen. Wahrscheinlich war an dem Gulasch zu viel Knoblauch gewesen und der schlug ihr jetzt irgendwie auf den Magen. Als sie wieder ins Büro trat, fiel ihr Blick auf die goldglänzende Packung. Verwundert nahm sie sie in die Hand und fischte das kleine Kuvert unter dem Kräuselband hervor. Sie zog eine Leinenkarte heraus, auf der mit Tinte geschrieben stand: „Ein kleiner Dank für Ihre hervorragende Arbeit. Beste Grüße, Leon Neumeier."
Johanna steckte die Karte wieder ins Kuvert und zog das Band von der Verpackung. Feinste handgemachte Pralinés verströmten ihren Duft, doch Johanna, sonst Naschwerk nie abgeneigt, hatte keinen Appetit. Weshalb schenkte ihr Neumeier Pralinen? Es war doch klar, dass sie sich um gute Arbeit bemühte. Wahrscheinlich wollte er einfach nur nett sein. Sie verschloss die Verpackung wieder und verstaute sie in ihrer Handtasche. Ob sie sich gleich bedanken sollte? Johanna beschloss, es bei nächster Gelegenheit zu tun.
Sie traf Neumeier schneller als gedacht. Als sie gegen 19 Uhr über den Parkplatz eilte, weil sie es heute unbedingt zum Einkaufen schaffen wollte, trat er plötzlich neben sie heran. Mit einem kleinen Aufschrei wirbelte sie herum.
„Habe ich Sie erschrocken? Das tut mir sehr leid!", sagte Leon Neumeier.
„Nein, ich … Eigentlich ist es ja dank der Laternen hell genug. Ich war in Gedanken schon bei meiner Einkaufsliste und habe sie nicht gehört", sagte Johanna schnell. Sie hatte Neumeier noch nie auf dem Parkplatz angetroffen. Ob es Zufall war, dass er ihr heute über den Weg lief? Johanna entriegelte ihr Auto, blieb aber dann unschlüssig stehen. „Vielen Dank übrigens für die Pralinen. Das wäre nicht nötig gewesen."
„Oh, Hauptsache, Sie haben sich gefreut. Ich möchte Sie bitten, morgen in mein Büro zu kommen, denn ich möchte, dass Sie eine Marketing-Strategie mit konzipieren. Ich weiß, dass Sie dafür eigentlich nicht eingestellt wurden, aber Sie scheinen großes Talent zu haben. Sie können gerne ablehnen, aber vorher möchte ich Ihnen meine Ideen

vorschlagen. Ihre Zusatzarbeit werde ich natürlich honorieren. Nicht nur mit einem Abendessen, zu dem ich Sie heute herzlich einladen möchte.“ Leon Neumeier trat an sie heran und lächelte so wie ein Mensch lächelt, der weiß, dass er gewinnen wird.
„Das, das … kommt überraschend!“, sagte Johanna. „Aber natürlich komme ich morgen in Ihr Büro. Ich bin neugierig. Mit dem Abendessen müssen Sie sich nicht verpflichtet fühlen.“
Er schüttelte den Kopf. „Es ist keine Pflicht und auch keine Kür. Es ist eine Ehre für mich, Sie zum Essen auszuführen. Bitte sagen Sie ja.“
Er lächelte und Johanna spürte ein Kitzeln in ihrem Bauch. Wieso eigentlich? Laden Chefs nicht manchmal zum Essen ein? Also, ist nichts dabei. Gar nichts. Was auch?
„Also, wenn Sie meinen. Gerne“, sagte Johanna leise.
„Prima!“ Er strahlte sie an. „Morgen nach Feierabend. Ich hole sie in Ihrem Büro ab. Gute Nacht, Frau Brandner.“
Er wandte sich ab und ging. Johanna sah ihm nach. Schließlich setzte sich ins Auto und fuhr los. Ihre Gedanken wirbelten wie die kleinen Steinchen unter den Reifen. Wie sie den Weg zum Discounter fand, konnte sie nicht sagen. Sie blieb eine Weile sitzen, das Lenkrad mit beiden Händen umfasst, und starrte durch die Windschutzscheibe. Täuschte sie sich? Sah sie Leon Neumeier anders an, als er eine Mitarbeiterin ansehen sollte?
Sie haute mit einer Hand auf das Lenkrad. Es hupte. Neben ihrem Auto zuckte ein älterer Herr zusammen. „Blöde Kuh!“, schrie er und zeigte ihr den Vogel.
Jawohl! Dumme Johanna! Bloß keine übertriebenen Gedanken machen. Es handelte sich um ein ganz normales Geschäftsessen.
Johanna stieg aus und eilte in den Laden.

Paul Gschwender lag auf seinem Bett. Er liebte es, sich in der Dämmerung aufs Bett zu legen, an die Zimmerdecke zu starren und zu warten, bis die Schatten immer länger wurden. Das war die Zeit, in der er gut nachdenken konnte. Wie es weitergehen sollte, zum Beispiel. Und natürlich von Johanna zu träumen. So lag er jeden Abend da und es war die schönste Zeit des Tages für ihn. Manchmal hoffte er sogar, die Pfleger, die das Abendessen und Medikamente brachten, würden ihn vergessen. Wenigstens einmal. Aber sie vergaßen ihn nie. So stand auch heute das Essen auf dem Tisch und er beachtete es nicht. In seiner Welt saß er mit Johanna Händchen haltend auf einer Parkbank. Sie sprachen nichts, aber sie wussten, dass sie zusammen gehörten.
Heute Vormittag hatte er erfahren, dass seine Mutter immer noch im Koma lag. Wieder hatte er um ein Besuchsrecht gebettelt, doch man hatte nichts darauf erwidert. Er würde nicht lockerlassen. Sie kannten ihn nicht. Es war die Chance, Johanna wieder zu sehen. Er würde sie finden und ihr nochmal erklären, wie sehr er sie liebte. Dann würde er sie bitten, mit ihm zu schlafen. Er hatte nichts zu verlieren, denn er liebte sie mehr als sein Leben. Nie hatte er vergessen, wie lieb sie ihn als Kind angelacht hatte, wie oft sie ihn gegenüber Hilde verteidigt hatte. Manchmal hatte sie ihm zuliebe sogar seine Mutter angelogen. Er wusste schon als Teenager, dass er sie begehrte. Sie war eine schöne Frau geworden, eine, die jeder halbwegs normale Mann einfach begehren musste. Es machte nichts aus, dass er zehn Jahre jünger war.
Immer wieder malte er sich aus, wie es sein würde, mit ihr zu schlafen. Für diese Vorstellung lohnte sich zu leben. Und einmal würde er es er*leben* wollen. Nur einmal. Dann konnte er sterben, mit ihr sterben. Das hatte er schon einmal versucht, aber beim zweiten Mal würde es klappen. Todsicher. Er lachte leise bei dem Gedanken.
Sie mussten ihm etwas ins Essen mischen. Oder es lag an den Tabletten, die sie ihm morgens und abends brachten. Gegen Depressionen, sagten sie. Er wurde müde davon und seine Verdauung auch. In seinem Schoß rührte sich kaum noch etwas, nicht mal, wenn er an Johanna dachte und dabei Hand anlegte. Die Medikamente machten ihn impotent. Das würde er ihnen heimzahlen!

Er würde die Tabletten ab morgen weglassen. Das war nicht so einfach, denn der Pfleger blieb neben ihm stehen, bis er die Tabletten geschluckt hatte. Aber er war schlauer. Ab morgen würde er die Pillen in die Backentasche schieben und nur wenig nachtrinken. Wenn der Pfleger, der den Mund nicht kontrollierte, weg war, würde er alles ausspucken. Jawohl! Er rieb sich die Hände bei dem Gedanken. Dann drehte er sich zur Seite, rollte sich ein wie ein Baby und träumte sich wieder in seine Welt.

Sebastian Markl saß an seinem Schreibtisch. Er füllte das Glas erneut mit Rotwein und trank daraus. Die Flasche war bald leer, doch der Barolo trank sich wie flüssiger Samt, und der Geschmack von Vanille und wilden Kirschen schmeichelte seinem Gaumen. In ihm breitete sich ein schwereloses Wohlgefühl aus, das er so nötig hatte. Sein Leben ödete ihn an. Die Ehe mit Laura sowieso, doch auch die anderen Liebchen und die ganze Arbeit im Hotel. Es war auch der Papierkram, der jetzt vor ihm lag und der immerwährende Ärger mit dem Personal. Einzig die Gäste, der Umgang mit den verschiedenen Charakteren, erfrischten seinen Alltag.
Er seufzte und raffte einige Belege zusammen, die er in eine Klarsichthülle steckte. Waren die neuen Matratzen wirklich so teuer gewesen? Was hatte Laura da nur ausgesucht? Sie war manchmal maßlos anspruchsvoll und legte diese Neigung auch auf ihr Hotel um. Ja, es war ihr Hotel, das betonte sie immer wieder. Er war nur der Geduldete, der Angeheiratete. Und der Alte, wie er seinen Schwiegervater Xaver insgeheim nannte, hatte nie einen Hehl aus seiner Abneigung gemacht. Dabei konnte er doch froh sein, dass es einer mit seiner Tochter aushielt und das Hotel auf modernem Standard führte. Immer wieder musste er sich einmischen! Der Rest des Weines ergoss sich erst im Glas und verschwand schließlich in Sebastians Kehle.
War da was? Sollte da etwa immer noch …? Er sah sich um und blinzelte in den Raum, der dunkel hinter ihm lag. Der Schein der Schreibtischlampe erhellte nur das Nötigste. Es war ruhig, er musste sich getäuscht haben. Als er sich wieder dem Schreibtisch zuwandte, drehte sich alles ein wenig um ihn. Dieses sanfte Glücksgefühl! Ihm war so wohl im Moment, dass er beschloss, den Papierkram liegen zu lassen und sich noch eine Flasche Barolo zu öffnen. Er stand auf, nahm die Flasche und löschte die Lampe. Wieder hörte er ein Geräusch. War Laura schon zu Hause? Sie wollte doch noch bei der Lesung dabei sein, die sie organisiert hatte.
„Hallo?", rief er, als er in der Wohnhalle stand. Nichts. Er ging ins Wohnzimmer und drückte den Lichtschalter. Er ging hinein, um auch den Winkel, den der große Kaminofen verdeckte, einzusehen. Niemand war da. Unschlüssig blieb er stehen. Er hörte ein leises Klirren hinter sich und plötzlich war er sich sicher, dass noch jemand im

Raum stand. Jemand, der nicht Laura war. Jemand, der nicht hier her gehörte. Er spürte eine Spannung, fast so wie vor einem Gewitter, kurz vor dem ersten Blitz.

„Hallo Sebastian!", sagte eine Stimme, vertraut und doch eigenartig entstellt. Es war, als hätte ihm jemand eine Eiskompresse ins Genick gedrückt. Langsam drehte er sich um. Was er sah, lähmte ihm vor Schreck alle Glieder. Die Weinflasche entglitt seiner Hand, er konnte nichts dagegen machen. Er starrte auf das Küchenmesser, das gegen ihn gerichtet war. „Was ..? Warum? … Ich habe …", stotterte er. Es waren die letzten Worte, die Sebastian Markl sprechen sollte. Sekunden später durchdrang eine 20 Zentimeter lange Klinge seine Haut, als sei sie aus Seidenpapier, traf seine Leber und die Gallenblase. Wurde wieder heraus gezogen und erneut in seinen Bauch gerammt. Verletzte den Dünndarm und die Milz, bevor sie wieder heraus gezogen und ein letztes Mal in seinen Körper gestoßen wurde. Dieses Mal traf sie die Bauchaorta.

Sebastian Markl sackte zusammen und fiel zu Boden, direkt in die Scherben der Weinflasche. Er spürte nicht, wie die Scherben durch den Stoff hindurch tief in seine Haut drangen. Da war ein viel größerer Schmerz in der Mitte seines Leibes, ein vernichtender Schmerz. Er versuchte zu sprechen, doch er hatte keine Kraft und das Blut, das in seinen Mund schoss, hinderte nicht nur am Sprechen, sondern auch am Atmen. Wie leicht er sich auf einmal fühlte und gleichzeitig dieser unbarmherzige Schmerz. Er wusste, dass dies sein Ende war. Ein lausiges Ende. Das hatte er nicht verdient. Noch einmal drohte ihn der Schmerz zu zerreißen. Dann war es auf einmal so ruhig um ihn, so hell, so leicht.

Florian Wallner nahm das Bierglas vom Tresen. Seit zwei Stunden saß er in der Hafenbar und beobachtete die Türe zu den Nebenräumen. Nur wenige Männer waren in der Zeit hindurch gegangen. Er hatte die Tafel mit der Aufschrift „Heute Bundesliga live“ schon beim Eintreten gesehen. Dann wollte er doch mal Fußball gucken gehen. Er drückte die Klinke der Türe mit „Privat“-Aufschrift und niemand hinderte ihn daran. Der schmale Flur war nur schwach beleuchtet, die Türe des ersten Nebenraumes stand offen. Der Raum lag im Dunklen. Im zweiten Raum saßen fünf Männer, vor ihnen je ein Glas Bier. Alle rauchten und starrten auf den großen Bildschirm. Bayern München spielte gegen Schalke. Eben hatte Robben, mal wieder im Alleingang, ein Tor geschossen.
„Der Müller wär‘ frei g'wen. So a Dickschädl!“, brummte ein Mann, der als einziger allein an einem Tisch saß. Florian setzte sich zu ihm. „Die Holländer, solln's doch heim gehen!“, rief der Mann und sah ihn an. „Da hast recht!“, meinte Florian und hielt sein Bierglas hoch. Der Mann stieß an. „Auf den Sieg! Auf die Bayern!“ Dann trank er das halbe Glas leer und sah Florian über den Rand hinweg an. „I sig di zum erst'n Mal hier. Bist neu?“
Florian zuckte die Schultern. „Ein Freund von mir ist sonst immer da. Ich wollt‘ ihn treffen.“
„Wia hoaßt'n dei Freund?“
„Mladen.“
Der Mann stutzte kurz. „Kenn i net. Is des a Jugoslaw?”
Florian nickte. „Bosnien heißt das jetzt. Und du, bist du oft hier?“
„Ja freilich. Mei Oide mog koan Fußball ned und Sky hab i a ned. Deswegn bin i jedn Freitag und Samstag da.“
„Ist aber wenig los hier“, meinte Florian.
Der Mann zuckte die Schultern. „Des is mir grad recht, dass heut wenig los is.“
„Sonst schaun mehr?“, fragte Florian.
„Ja, freilich. Da geht's rund hier!“ Er griff zum Bierglas und starrte auf den Bildschirm. „Ah, so a Depp! Den muss ma doch rein haun!“
Florian sah in der Wiederholung, dass Gomez‘ Kopfball an die Latte prallte und dann von Schober per Faustschlag abgewehrt wurde.
„Kann man hier auch zocken?“, fragte Florian.

Der Mann wandte seinen Blick nicht vom Bildschirm. Es dauerte einige Sekunden, bis er antwortete. „Na, ned dass i wüsst. Wie meinst'n des?“
„Na, wie ich es sage. Pokern oder Schafkopfn.“ Florian lauerte.
Es dauerte wieder einige Sekunden, bis der Mann antwortete.
„Na, ned dass i wüsst.” Dann verschränkte er die Arme.
Mist, dachte Florian, ich hätte die Klappe halten sollen. Erst mal.
In diesem Moment vibrierte sein Diensthandy. Was war da denn los? Er hatte gehofft, auf seinem Privathandy endlich eine Nachricht von Johanna zu erhalten. Sie war heute zu einem Abendessen mit Neumeier verabredet. Diesem Schnösel fiel nichts Besseres ein, als Johanna am Freitagabend noch in Beschlag zu nehmen. Konnte er sein neues, ach so tolles Projekt nicht am Tag mit ihr besprechen?
„Muss mir noch 'n Bier holen“, murmelte Florian und stand auf. Der Mann sagte nichts, sondern starrte verbissen auf den Bildschirm. Auf der Toilette rief Florian die Leitstelle an. Er erfuhr, dass der Hotelier Markl mit tödlichen Stichverletzungen in seinem Haus in Freyung gefunden worden war. Kremmel war bereits vor Ort.
Als Florian sein Bierglas auf den Tresen stellte, sah er, wie ein junger Mann dem Mann hinter dem Tresen ein Papierstück in die Hand drückte. Der Barmann fing seinen Blick auf. „Is was? Noch ein Bier?“
Florian schüttelte den Kopf. „Zahlen, bitte.“ Er reichte ihm das Geld und schrieb noch schnell eine SMS an Johanna. Wer weiß, wann er nach Hause kommen würde. Dann machte er sich auf den Weg nach Freyung.

Johanna schloss die Wohnungstür auf. Schon von draußen hatte sie gesehen, dass in der Küche kein Licht brannte und gehofft, dass Florian im Wohnzimmer auf sie wartete. Doch die Wohnung lag so verlassen wie eine Eisscholle während der Polarnacht. Es war kühl und Johanna fröstelte. Kaum hatte sie ihren Mantel und die Pumps ausgezogen, holte sie ihr Handy hervor. Tatsächlich, da war eine Nachricht für sie. „Leider neuer Einsatz! Wird spät/früh werden. Schlaf gut! Kuss F"
Johanna beschloss, trotz der späten Stunde noch einen Tee aufzubrühen. Vielleicht würde er es schaffen, etwas Wärme in ihren Körper zu bringen. Noch während sie vor dem Wasserkocher stand, traf eine neue SMS ein. Konnte Florian doch früher heim kommen? „Danke für den schönen Abend! Leon Neumeier."
Johanna starrte auf die Nachricht. Dann lächelte sie. Es war wirklich ein schöner Abend gewesen. Leon Neumeier verstand es in faszinierender Art, mit wenigen Worten komplexe Sachverhalte zu erklären. Seine bildhafte Sprache war kurzweilig und intelligent. Sie hatte ihm gern zugehört, ihn aber auch gern dabei angesehen. Er war zweifelsohne ein attraktiver Mann und Johanna war sicher, dass er nach der Trennung von seiner Lebensgefährtin nicht lange alleine leben musste. Der Wasserkocher schaltete sich mit einem lauten Klack aus. Vorsichtig goss sie Wasser über den Teebeutel und stellte die Eieruhr. So aufdringlich wie das Ticken in der nächtlichen Küche drängte sich Neumeiers Lächeln in ihre Erinnerung. Er hatte eigentlich nur gelächelt, als er mit ihr sprach und sie hatte oft auf sein niedliches Grübchen am Kinn gesehen. Hoffentlich hatte er das nicht bemerkt! Erst jetzt fiel ihr ein, dass er schon beim Abschied davon gesprochen hatte, wie sehr ihm der Abend gefallen hatte. Wieso schrieb er ihr nochmals eine SMS? Wann hatte sie ihm überhaupt die Handy-Nummer gegeben? Ach, das war während der Endphase zur Erstellung der Homepage gewesen.
Die Eieruhr läutete und Johanna erschrak. Sie entfernte den Teebeutel und warf ihn plötzlich mit Wucht in die Spüle.
Wieso war Florian nicht da? Dann würde sie jetzt nicht über das Grübchen eines anderen Mannes nachdenken! Überhaupt, was sollte das angenehme Wärmegefühl, wenn sie an ihren Chef dachte? Alles Blödsinn und nur möglich, weil Florian mit seiner häufigen Abwesenheit und seinem Zögern dafür Platz machten.

Johanna trank den noch viel zu heißen Tee hastig aus. Es dauerte nicht lange und er zeigte seine wärmende Wirkung. Doch als sie sich in ihr kühles Bett fallen ließ, legten sich Zweifel und Einsamkeit wie ein eisiges Tuch über ihren Körper. Sie wälzte sich herum und fand keinen Schlaf. Erst als sie aufstand und ihre Beine mit heißem Wasser abduschte, fühlte sie eine wohlige Müdigkeit. Sie beschloss, in eine Decke gehüllt auf dem Sofa auf Florian zu warten. Als sie am frühen Samstagmorgen wie gerädert erwachte, war Florian immer noch nicht da.

Als Florian Wallner in der Villa von Sebastian Markl eintraf, war Werner Kremmel bereits vor Ort. Und nicht nur er, auch die Kollegen von der Kriminaltechnik waren schon intensiv mit der Spurensicherung beschäftigt. Sogar Gabi Leinert war hier; Bernd Schneider und sie hatten gerade ins Kino gehen wollen, als der Anruf kam.
„Wo warst du?", fragte sie Florian und sah von ihrem Notizblock hoch.
„In Passau. Beweissicherung. Was ist hier geschehen?"
„Das Opfer wurde erstochen. Der Notarzt konnte nicht mehr reanimieren und ist gerade abgefahren. Ich habe Staatsanwalt Reichlin bereits verständigt. Er sitzt mit seiner Frau in einer Theateraufführung und hat mündlich alles veranlasst."
„Klar", brummte Florian. „Alles Routine! Nicht wahr?"
Gabi grinste. „Genau so hat er sich ausgedrückt. Vergaß ich etwa zu erwähnen, dass er eine schnelle Aufklärung wünscht?"
„Nein, so was. Das ist mir ja ganz neu", sagte Florian mit gespieltem Erstaunen. „Sag mir lieber, was du über den Toten weißt."
Gabi blickte auf ihre Notizen. „Der Tote heißt Sebastian Markl und ist Hotelier. Das Hotel ‚Zur Post' arbeitet am vierten Stern. Weiß ich von Bernd und er weiß es von Simon, der ist dort für die komplette Technik verantwortlich. Markl war verheiratet. Seine Frau hat ihn gefunden. Als sie nach Hause kam, lag Markl so da und sie verständigte sofort den Notarzt." Gabi wies mit der Bleistiftspitze zu einem Ledersessel in einer Ecke des riesigen Wohnzimmers. Dort saß Laura Markl. Florian nickte ihr zu. Sie wirkte sehr blass.
„Ist etwas beschädigt oder gestohlen worden?", fragte Florian. Er beobachtete, wie Kremmel gerade zu Laura Markl ging und ihr kondolierte. Sie bot ihm Platz an und er setzte sich in den Sessel daneben.
„Ja", antwortete Gabi. „Die Terrassentüre ist eingeschlagen."
Jetzt erst nahm Florian zwei seiner Kollegen in den weißen Schutzanzügen wahr, die sich vorsichtig wie Schlafwandler um die Glasfront bemühten. Er blinzelte und es kam ihm vor, als bewege er selbst sich in Zeitlupe. Mit der Hand fuhr er sich über die Augen. Er war müde und genau das durfte jetzt nicht sein!
„Ansonsten sieht es nicht nach einem Raubmord aus. Wie du ja selbst erkennst, ist alles ganz ordentlich. – Geht's dir gut?", fragte Gabi.

„Ja, ja. Alles o.k.. Ist die Tatwaffe gefunden worden?"
Gabi deutete auf das Opfer, das in seinem Blut und in Scherben lag. „Es war ein Küchenmesser und lag etwa fünf Meter vom Opfer entfernt. Bernd hat es bereits eingetütet."
„Gut", meinte Florian. „Ich sehe mal zu Werner und der Witwe."
Gabi nickte ihm zu.
Laura Markl saß mit aufrechter Haltung im Ledersessel. Sie trug ein elegantes schwarzes Strickkleid und war wohl unbeabsichtigt für diesen traurigen Moment korrekt gekleidet. Trotz der späten Stunde war sie perfekt geschminkt und es sah nicht so aus, als müsste Werner ihr jedes Wort mühsam hervorlocken. Florian stellte sich vor und sie betrachtete ihn mit einem Blick, so kühl wie ein Morgen im April. Er zog einen Beinhocker heran und setzte sich seitlich von Kremmel.
„Ja, mehr kann ich Ihnen wirklich nicht erzählen, Herr Hauptkommissar", sagte Laura Markl. „Was passiert jetzt mit meinem Mann und wie kann ich die Beerdigung planen?"
„Ihr Mann kommt ins gerichtsmedizinische Institut. Es wird ein paar Tage dauern. Wir geben Ihnen Bescheid, wann Sie die Beerdigung organisieren können." Kremmel sah Florian an.
Dieser hatte Mühe, die Augenlider offen zu halten. Er könnte dringend einen Kaffee gebrauchen!
„Sie sehen sehr müde aus", meinte die Witwe. „Eigentlich war ich auch bettschwer, aber das hat sich situationsgemäß schlagartig geändert. Mit allem hätte ich gerechnet, aber nicht damit, dass er tot auf dem Boden liegt."
„Mit was hätten Sie denn gerechnet?", fragte Florian. So betäubt konnten seine grauen Zellen noch nicht sein, dass er diesen Wink überhörte.
„Nun, dass ich ihn mit einem seiner Liebchen überrasche", sagte Laura Markl und ihre Stimme vibrierte wie ein Schlag auf Metall. „Zwar habe ich ihn hier im Haus nie mit einem Weibsstück überrascht, aber das lag vielleicht nur daran, dass ich viel unterwegs bin."
„Sie wollen uns damit sagen, dass Ihr Mann eine Geliebte hatte?", stellte Kremmel mehr fest als er fragte.
„Eine?" Laura Markl lächelte, als habe man ihr ein Kompliment bereitet. „Ich kann beim besten Willen nicht mehr die korrekte Anzahl all

jener Frauen aufzählen, mit denen mich mein Mann schon betrogen hat. Im Grunde habe ich es auch aufgegeben, sie alle noch auseinander zu halten."

„So viele?", fragte Florian und runzelte die Stirn.

Sie nickte und nun verzog sich der Mund doch zu einer verbitterten Linie. Bereits Sekunden später richtete sie sich kerzengerade auf. „Ich habe etwas für Sie, was Ihnen sicher weiter hilft!" Sie stand auf, ging zu einem antiken Sekretär und kam mit einem in schwarzes Leder gebundenen Notizbuch zurück. „Hier bitte!" Sie reichte es Kremmel. „Darin finden Sie alphabetisch die Namen und Adressen aller Damen, die mein Mann in den letzten fünf Jahren beglückt hat. Ich habe sie notiert, um auf dem Laufenden zu sein." Mit einer grazilen Drehung setzte sie sich wieder in den Sessel und schlug makellose Beine übereinander.

Kremmel sah auf das Notizbuch und schwieg. „Danke. Das ist … ungewöhnlich", murmelte er.

„Wie meinen Sie?", fragte Laura Markl. „Weil ich das notiert habe?"

Kremmel nickte. Sie schüttelte den Kopf. „Finden Sie es nicht eher ungewöhnlich, dass mein Mann ständig mindestens eine Geliebte hatte? Vielleicht liegt es ja daran, dass Sie selbst ein Mann sind."

„Nein, so meine ich das nicht", sagte Kremmel und hob dabei die Hand. „Es kommt sehr selten vor, dass wir eine Adressenliste bekommen, um Alibis zu überprüfen. Deshalb geben Sie mir doch Ihre privaten Notizen, habe ich recht? – Aber vielen Dank, Sie erleichtern unsere Arbeit."

Laura Markl lächelte und verschränkte die Arme. „Mein Mann war übrigens auch bei seinen Mitarbeitern nicht sehr beliebt. Aber wo Sie die alle vernehmen können, wissen Sie ja. Ich werde morgen die Hausdame veranlassen, Ihnen eine Namensliste zu übergeben."

„Sie sind sehr kooperativ, vielen Dank!", sagte Florian. „Wir werden morgen in Ihr Hotel kommen." Er sah auf die Uhr, es war halb vier Uhr morgens. „Ich berichtige, wir kommen noch heute."

Sie nickte. „Ja, am besten gegen neun Uhr. Da ist die Frühschicht noch im Haus und das Personal der Hauptschicht rückt an." Ihr Lächeln erreichte die Augen nicht und sie sprach, als organisiere sie ein Hochzeitsbankett. Florian fröstelte und daran war nicht nur seine Übermüdung schuld.

Es war nach vier Uhr, als Kremmel Florian zu sich ins Auto winkte. Er reichte ihm eine Dose mit einem Energiedrink. „Hier, der macht für eine Stunde wirklich wach."
Florian nahm die Dose. „Danke, bin ja erst zwanzig Stunden im Dienst."
Kremmel nickte. „Und ich dachte schon, du hast gestern zu viel Sport gemacht." Im matten Schein der Straßenlaterne konnte Florian sein Grinsen sehen. „Im Ernst, ich kenne das. Es gehört eben zum Beruf und es wird noch oft so sein. Wie sieht das eigentlich Johanna, kommt sie damit klar?" Er sah Florian dabei zu, wie er aus der Dose trank. Es dauerte eine Weile, bis er antwortete: „Ja, wie kommt sie damit klar? Ich würde mal sagen, im Augenblick gar nicht!", stieß Florian schließlich hervor.
Kremmel nickte wie ein Wackeldackel auf der Hutablage.
„Hab ich mir schon gedacht", sagte er leise. „Habt ihr Stress miteinander? Du kannst es mir anvertrauen. Dass ich nichts weiter ratsche, weißt du."
Florian drehte die Dose in seiner Hand und schwieg. Als er nicht antwortete, zuckte Kremmel mit den Schultern. „Ich will dir nicht zu nahe treten. Entschuldige, wenn es so gewesen ist. Aber manchmal ist ein Gespräch mit einem Älteren gar nicht so schlecht. – Lass mich kurz die Lage im Hause Markl analysieren, dann kannst du für ein paar Stunden nach Hause ab düsen. Wir treffen uns morgen um neun im Hotel ‚Zur Post'." Kremmel machte eine kurze Pause, um Florian nochmals die Möglichkeit zum Gespräch zu geben.
„Es ist …", fing er tatsächlich an und zerdrückte plötzlich die Dose mit seiner rechten Hand. „Johanna will heiraten!" Florian sah Werner Kremmel unvermittelt an. „Sie möchte eine Familie haben und kommt mit meinen Arbeitszeiten nicht klar. Außerdem hat sie Angst um mich, jedes Mal, wenn ein Anruf kommt. Sie sagt es nicht, aber ich bemerke es trotzdem."
Kremmel winkte einem Kollegen von der Kriminaltechnik zu, der etwas aus dem Kofferraum seines Wagens holte, dann umfasste er mit beiden Händen das Lenkrad. „Es war schon immer so und wird immer so sein: Frauen von Polizisten haben Angst um ihre Männer. Meine Ehe ging auch daran zu Bruch. Im Urlaub, da habe ich eine

Frau kennen gelernt. Sollte es je was mit uns werden, wird auch sie Angst um mich haben. – Johanna ist eine feine Frau. Du solltest sie nicht enttäuschen."
Florian drückte die Dose noch fester, drehte seinen Kopf rasch zur Seite und sah Werner Kremmel an. „Ich will sie nicht enttäuschen, aber … Also, ich fahre jetzt ins Büro. Ich muss meinen Kopf frei kriegen, und falls ich nach Hause zu Johanna fahre, ist sie bloß wieder enttäuscht, wenn ich in ein paar Stunden wieder gehen muss. "
„Du willst sie also nicht heiraten?", fragte Kremmel und schaltete die Innenraumbeleuchtung ein. „Dann sag es ihr!"
„Verdammt! Das ist es nicht!" Florian drückte die Dose so fest, dass die Knöchel der Hand weiß hervor traten und Kremmel einen Augenblick lang befürchtete, er könnte sich verletzen. „Ich habe Angst, sie zu verlieren, so wie ich meine Eltern verloren habe. Die Menschen, die ich am meisten liebte, wurden mir an einem einzigen Tag entrissen." Seine Stimme brach ab und er drehte sich zum Seitenfenster, so dass Kremmel sein Gesicht nicht sehen konnte.
„Das war damals ein tragischer Unfall und das muss sich nicht wiederholen. Es ist normal, sich um jemanden zu sorgen, den man liebt. Ich glaube viel eher, dass du sie verlierst, wenn du ihr nicht sagst, dass du den Rest deines Lebens mit ihr verbringen willst. Denn wenn du das willst, muss sie es wissen! Hast du schon mit ihr darüber gesprochen? Ich meine, über deine Ängste und weshalb das Thema Hochzeit für dich so schwierig ist?"
Florian schüttelte den Kopf. Es rauschte in seinen Ohren und sein Herz schlug rasch. Der Energiedrink zeigte bereits Wirkung.
„Du solltest es schnell nachholen. Sieh das als väterlichen Rat. Die Liebe ist ein Geschenk. Sie überfällt dich plötzlich und fragt vorher nicht. Und dann musst du sie festhalten. Das ist zumindest meine Erfahrung und ich habe weiß Gott Fehler gemacht. Es könnte mir egal sein, aber ich möchte nicht, dass du dieselben Fehler machst. Du und Johanna, das ist doch was Besonderes, oder nicht?" Er räusperte sich. „Sch… eibenwischer, so sentimental! Das muss an den beiden Leichen liegen, so schnell nach dem Urlaub." Er suchte in der Mittelkonsole nach einem Bonbon. Als er fündig wurde, wickelte er es aus und steckte es in den Mund.

Florians Wangen waren warm geworden. Er wusste, dass Werner recht hatte und es rührte ihn, dass sein Chef fast wie ein Vater, zumindest aber wie ein guter Freund zu ihm sprach. Es war zweifellos nicht Kremmels Sache, über Gefühlsdinge zu reden, daher schätzte Florian die Worte umso mehr.

Erneut räusperte sich Kremmel. „Nun zum Fall Markl. Hattest du auch den Eindruck, dass diese Laura ein bisschen schräg drauf ist? Ich meine, welche Frau sammelt in aller Seelenruhe über Jahre die Adressen von den Geliebten ihres Mannes? Jeder Polizeischüler würde ihr ein 1 A-Motiv gewähren. Was meinst du?"

„Ich denke genau dasselbe wie du. Aber das Notizbuch werden wir abarbeiten müssen, da hilft alles nichts. Bin gespannt, was die Angestellten so über ihn erzählen. Wenn es stimmt, was die Witwe sagt, hätte da ja auch der ein oder andere ein Motiv", stimmte Florian zu.

„So, und du fährst jetzt nach Hause. Das ist ein Befehl von deinem Vorgesetzten! Ist das klar?", brummte Kremmel.

Florian nickte. „Ist in Ordnung. Und – danke für eben."

Kremmel nickte. „Keine Ursache. Dran arbeiten musst du selbst!"

Als Florian nach Hause kam, fand er Johanna schlafend auf dem Sofa im Wohnzimmer und er brachte es nicht übers Herz, sie zu wecken. Er beschloss, sich einen Espresso zu bereiten und ging in die Küche. An Schlaf konnte er jetzt nicht denken, er war hellwach. Zu viele Fragen drängten sich ihm auf, vermischten sich Fakten der aktuellen Fälle und die Schwierigkeit, den richtigen Zeitpunkt für ein Gespräch mit Johanna zu finden.
Mit der Espressotasse in der Hand setzte er sich an den Küchentisch. Johannas Handy lag dort und er wusste selbst nicht warum, aber er nahm es in die Hand und sah es an, als sähe er es zum ersten Mal. Während er am Espresso nippte, drückte sein Daumen ein paar Tasten. Es war, als wäre er ferngesteuert, und nicht er selbst, der tat, was Menschen, die einander vertrauen eben nicht machen: die zuletzt geschriebenen SMS-Nachrichten ansehen. Im Beruf wäre es nichts Besonderes gewesen, ein Handy zu sichten und er wollte eben wieder davon ablassen, als er den Namen Neumeier las. Ihm wurde heiß und unter den Haarspitzen an seiner Stirn kribbelte es. Was, wenn es keine berufliche Nachricht war, die Johanna da erhalten hatte? Noch ehe er sich versah, hatte sein Daumen die Taste gedrückt und als er die wenigen Worte las, war ihm, als wäre er im Winter in ein Wasserbecken gesprungen. „Danke für den schönen Abend. Leon Neumeier“ stand da. Florian umfasste das Handy und hätte es am liebsten gedrückt, wie vor einer Stunde die Getränkedose. Warum um alles in der Welt bedankte sich dieser Neumeier? Und für was? Für ein harmloses Geschäftsessen? Florian stieß einen unwilligen Laut aus und sah sich erschrocken um, bis er realisierte, dass es seine Stimme gewesen war. Was war an diesem Abend geschehen, das Neumeier beflügelte, um 0.30 Uhr diese SMS zu schreiben? Wie hypnotisiert tippte er ins Hauptmenü zurück, schaltete das Handy aus und legte es so auf den Tisch, wie er es vorgefunden hatte. Er fühlte sich plötzlich kraftlos und seine Hand zitterte, als er die Untertasse packte und in die Spülmaschine stellte. Am liebsten hätte er sich in eine Ecke verkrochen und losgeschrien. Verheimlichte ihm Johanna etwas? Er wusste nur zu gut, wie attraktiv Neumeier war und als Firmenchef umgab ihn sicher eine gewisse Aura, die ihn für Frauen noch anziehender machte. Letztes Jahr bei der Weihnachtsfeier hatte Johanna ihm ihren obersten

Chef vorgestellt und Florian hatte neidlos anerkennen müssen, mit wie viel Selbstbewusstsein und Charme Neumeier sich im Kreise seiner Mitarbeiter bewegt hatte. Doch nie, wirklich nie hätte er gedacht, dass zwischen ihm und Johanna etwas sein könnte.
Er ließ sich wieder auf den Küchenstuhl sinken und stützte seinen Kopf mit den Händen. Es war seine Schuld! Hätte er bloß früher auf ihre Andeutungen gehört. Nein, falsch! Hätte er bloß früher den Mumm gehabt, sie zu fragen, ob sie ihn heiraten wollte. Es war doch so klar gewesen für ihn, so klar, dass er gar nicht darüber sprechen musste. Aber er war zu feige gewesen, weil er dachte, wenn er erst fragte und sie zur Frau nahm, könnte das Schicksal sie ihm wieder entreißen. Aber geschah jetzt vielleicht nicht das Gleiche?
Am liebsten wäre er ins Wohnzimmer gestürzt und hätte sie wach gerüttelt. Hätte ihr gesagt, wie sehr er sie liebte. Doch etwas in ihm hielt ihn zurück. So kritzelte er ein paar Worte auf einen Zettel und legte ihn auf den Küchentisch. Dann packte er seine Jacke und seine Autoschlüssel und machte sich auf den Weg ins Büro.

Als Johanna den Zettel entdeckte, war es bereits halb acht Uhr morgens. Voller Sorge war sie in die Küche zu ihrem Handy geeilt und hoffte, eine Nachricht von Florian vorzufinden. Was sie sah, verhärtete ihre Gesichtszüge: „Neuer Fall, bin weiter im Dienst. Florian“
Wie vor wenigen Stunden Florian, ließ sich Johanna wie in Zeitlupe auf dem Küchenstuhl nieder. Wütend zerknüllte sie den kleinen Zettel. Kein liebes Wort hatte er gefunden oder wie sonst ein Herzchen aufgemalt. Was war nur mit Florian los? Ob sich diese Gabi Leinert wieder an ihn heran gemacht hatte? Wenn er nur mal mit ihr sprechen würde!
Johanna schlug mit der flachen Hand auf den Tisch. Sie würde nicht das ganze Wochenende allein zu Hause sitzen und auf ihn warten. Genau wie er würde sie es machen: einen Zettel hinlegen und ab! So schrieb sie „Bin in Ringelai. Johanna“ Wie lange sie bleiben würde, wusste sie selbst nicht. Nur, dass sie nach dem Frühstück starten wollte.

„Mein Schwiegersohn war ein Halodri! Er hat mehr Weibsbilder flach g'legt wie ich Rehböck mit dem Gewehr. Des hat so kommen müssen, sag ich Ihnen! Wundern tut's mich nicht." Xaver Groß stand, die Hände in den Hosentaschen vergraben, vor Kremmel und Wallner und blickte von einem zum anderen.
„Sie jagen?", fragte Kremmel sofort. „Wie viele Jagdwaffen besitzen Sie denn?"
„Ich habe alle verkauft, bis auf ein Gewehr und des liegt im Waffenschrank, wie es sich gehört. Seit sich mein Rheuma verschlechtert hat, ist es aus mit dem Schießen und auf die Pirsch gehen im feuchten Morgengrauen oder am klammen Abend. Und wenn Sie mein Alibi überprüfen wollen, ich war den ganzen Abend am Stammtisch in meiner ‚Post'. Da können'S gerne nachfragen. Und das eine sag' ich Ihnen gleich, weil das kriegen Sie ja eh raus: Also, gute Lust hätt' ich schon gehabt, meinen Schwiegersohn um'zbringen. So wie der meine Laura behandelt hat. Aber aus irgendeinem Grund wollt' sich das Kind ja nicht von ihm trennen." Xaver Groß zog eine Schnupftabakdose heraus, häufte eine kleine Menge auf seinen Handrücken und zog sie schniefend hoch.
„Haben Sie versucht, zu vermitteln? Oder anders gesagt, haben Sie sich in die Ehe eingemischt?", fragte Florian mit einer Scharfe in der Stimme, die ihn schon vor wenigen Tagen selbst überrascht hatte.
Xaver Groß sah ihn an. „Was heißt da ‚eingemischt'? Natürlich hab ich meinem Kind gesagt, dass es sich scheiden lassen soll. Ich meine, was hatte sie zu verlieren? Das Hotel gehört eh ihr, ich hab es ihr schon überschrieben. Und sich dauernd demütigen lassen? Dafür ist mir meine Tochter doch zu wertvoll!"
„Verstehe", sagte Kremmel. „Sie hatten also Streit mit Ihrem Schwiegersohn?"
„G'stritten ham wir scho lang nimmer! Ich hab kein Wort mehr mit ihm geredet. Des können alle hier bestätigen. Hat Ihnen die Hausdame schon alle Informationen gegeben?"
Kremmel nickte.
„Na, sehn'S! Fragen Sie mal alle. Ich bin sicher, Sie werden nichts Gutes hören. Außer bei ein paar Ludern, die es mit ihm getrieben haben, die vielleicht auf leichtere Arbeit und besseren Lohn gehofft haben!"

Xaver Groß holte ein Taschentuch hervor, das jede Agentur, die einen Werbeauftrag für Fleckenentferner hatte, frohlocken lassen würde, und schnäuzte hinein.
Werner Kremmel wartete, bis Xaver Groß das Tuch wieder in der Hosentasche verstaut hatte. „Dann muss ich Sie leider ganz direkt fragen: Haben Sie Ihren Schwiegersohn umgebracht oder jemanden beauftragt, dies zu tun? Dazu hätten Sie sich nicht einmal vom Stammtisch entfernen müssen!"
Groß nickte bedächtig mit dem Kopf. „Ah, da schau her! Wieso hätt ich jetzt jemanden beauftragen sollen? Meinen Sie im Ernst, dass ich einen Cent ausgegeben hätt', um den Markl umbringen zu lassen? Des glauben'S ja selber net!"
„Sie glauben gar nicht, was ich schon alles erlebt habe, Herr Groß. Und es wäre doch ganz praktisch gewesen, Ihre Tochter von dem ungeliebten Mann zu erlösen, oder nicht?"
„Schon, aber wie ich sagte, schad' wär's gewesen. Jammerschade, um des Geld. Da müssen Sie schon woanders suchen."
„Glauben Sie, dass Ihre Tochter jemanden beauftragt haben könnte?", fragte Florian und bemühte sich, Groß direkt in die Augen zu sehen. Er erntete prompt einen ähnlich kalten Blick, wie er ihn am Morgen bereits von Laura Groß-Markl aufgefangen hatte. „Die Frage will ich jetzt überhören. Meine Tochter ist eine feine Frau, die würde sich nie wegen so einem geilen Bock versündigen!"
„Aber scheiden lassen wollte sie sich offensichtlich auch nicht. Warum?", fragte Florian.
„Da müssen Sie sie schon selbst fragen! So und jetzt muss ich mich ums Geschäft kümmern. Wenn mich die Herren entschuldigen wollen", knurrte Groß und wandte sich bereits ab.
„Moment noch!", rief Kremmel. „Nachher wird sich meine Assistentin Frau Leinert bei Ihnen melden. Bitte zeigen Sie ihr Ihren Waffenschrank und nennen Sie ihr die Namen derer, die gestern mit Ihnen am Stammtisch saßen. Danke!"
Groß hob die Schultern und es war nicht zu erkennen, ob er zustimmte oder sich einfach nur wunderte und wandte sich ab.
„Kümmere dich noch mal um Laura Groß-Markl", bat Kremmel Florian. „Ich bitte die Angestellten in den Frühstücksraum und beginne

mit den Befragungen. Wenn du fertig bist, kannst du mich unterstützen."
Florian nickte und rief Groß hinterher: „Wo finde ich Ihre Tochter?"
„Im Büro, wo sonst!", antwortete er unfreundlich.

Die junge Witwe saß am PC und tippte mit schnellen Fingerschlägen, als Florian an der Bürotür klopfte und gleichzeitig eintrat.
„Darf ich kurz stören?", fragte er.
Sie reagierte nicht und tippte weiter. Erst als sich Florian räusperte, wandte sie den Kopf. „Haben Sie schon Erkenntnisse?", fragte sie zur Begrüßung.
„Noch nicht. Etwas beschäftigt mich seit gestern intensiv. Ich weiß, dass es sehr privat ist, aber gestatten Sie mir die direkte Frage: Wieso hatten Sie sich nicht längst von Ihrem Mann getrennt? Ihr Notizbuch hätte jeden Scheidungsrichter sofort überzeugt."
Laura Groß-Markl stieß sich mit beiden Händen etwas vom Schreibtisch ab und verschränkte die Arme. „Das mag sein. Aber ob Sie es glauben oder nicht: Ich liebte meinen Mann noch und wollte mich nicht scheiden lassen."
Florian biss auf die Lippen. Sprach sie die Wahrheit? Würde nicht jede Frau mit Recht gekränkt reagieren und sich nur eines wünschen: weg von dem notorischen Betrüger? „Wusste Ihr Mann, dass Sie ihn lieben? Vor allem, wusste er, dass Sie dieses Notizbuch führen?"
Sie schüttelte sachte den Kopf. „Nein, ich glaube, er ahnte nichts davon. Von dem Buch meine ich. Dass ich ihn liebe, auf meine Art, das wusste er. Ich habe es ihm immer wieder gesagt. Allerdings hatten wir schon länger nicht mehr zusammen geschlafen. Nicht räumlich und auch sonst nicht." Sie rieb sich die linke Schläfe.
„Es ist selbstverständlich Ihre Angelegenheit", versuchte Florian so sanft wie möglich zu sagen. „Mir ist bewusst, wie privat die Fragen sind. Aber, was hat Sie letztlich bei ihm gehalten? Sie sind finanziell unabhängig und er demütigte Sie offensichtlich mit anderen Frauen."
Laura Groß-Markl stand ruckartig auf. „Was wissen Sie schon von Liebe!", warf sie ihm vor. „Ich kann es nicht erklären!"
„Ist es Ihnen nicht eines Tages zu viel geworden? Wollten Sie nie Rache?"

„Rache? Wie meinen Sie das?"
„Haben Sie je daran gedacht, ihn umzubringen oder ihn umbringen zu lassen?", fragte Florian direkt.
Erneut verschränkte sie die Arme. „Was erlauben Sie sich!", fauchte sie. „Ich begehe keinen Mord!"
„Ich sehe in der Untreue Ihres Mannes durchaus ein Motiv!"
Ihre Augen verengten sich zu Schlitzen. „Das mag ja in der Theorie nach dem Lehrplan Ihrer Polizeischule so gewesen sein. Aber ich habe ihn nicht umgebracht! Doch verlangen Sie bloß nicht, dass ich vor Trauer nur herum heule! Lassen Sie mich einfach in Ruhe und gehen Sie Ihrer Arbeit nach!"
Zum zweiten Mal an diesem Morgen wurde Florian von einem Familienmitglied aufgefordert, den Mörder woanders zu suchen. Florian versuchte, die Arroganz von Vater und Tochter an sich abprallen zu lassen. Dennoch schlich er wie ein gerügter Schuljunge zum Frühstückszimmer. Dort saßen Kremmel und inzwischen auch Gabi Leinert und befragten nacheinander die Mitarbeiter des Hotels. Nach kurzer Rücksprache mit Kremmel fing er seinerseits an, eine Mitarbeiterin oder einen Mitarbeiter aufzurufen. Es dauerte ungefähr eine Stunde, dann waren die drei fertig und setzten sich zusammen, um ihre Eindrücke und Ergebnisse zu besprechen. Inzwischen war Florian wieder sehr müde und hatte Mühe, sich zu konzentrieren. Dass er nicht versucht hatte, wenigstens ein paar Stunden zu schlafen, rächte sich bitter. Er fröstelte und unterdrückte ein Gähnen.
„Nimm dir einen Kaffee", sagte Kremmel trocken. Ihm entging nichts.
„Ist dir bei einem Mitarbeiter was Besonderes aufgefallen?", fragte Florian gereizt. „Oder beobachtest du nur mich?"
Kremmel überhörte die Bemerkung. „Nun, was habt ihr zu berichten? Schon den Kreis der Verdächtigen eingegrenzt?"
„Also mir sind zwei Männer aufgefallen", fing Gabi sofort an. Sie wirkte ausgeruht, obwohl auch sie bis in den frühen Morgen bei Bernd Schneider am Tatort geblieben war. „Der eine heißt Markus Wendlinger und ist Haustechniker, also wenn man so will, der ‚Junge für alles'. Er fühlte sich von Markl schikaniert und nicht wertgeschätzt, hat aber ein Alibi. Zur Tatzeit war er angeblich mit seiner Freundin zusammen im Kino. Ich werde das überprüfen."

„Und der zweite?", wollte Kremmel wissen.
„Ein gewisser Gerd Dampinger, von Beruf eigentlich Theaterwissenschaftler, arbeitet aber hier als Kellner. Er ist ehrenamtlicher Heimatpfleger und Schauspieler einer Laiengruppe. Das hat er mir gleich erzählt und mir die Weihnachtsvorstellung der Truppe empfohlen. Dampfinger hatte auch Stress mit Markl, er fühlte sich zu oft kritisiert. Markl war wohl mit seiner Arbeitsweise nicht zufrieden."
„Inwiefern?", fragte Florian. Es kam ihm vor, als hätte er Seifenblasen im Mund. Prompt grinste ihn Kremmel an, unterbrach ihn aber nicht. „Mit was genau war er unzufrieden? Hast du nachgehakt?"
Gabi zog spöttisch die Augenbrauen nach oben. „Natürlich. Im Gegensatz zu Dir, knallt mein Kopf vor Müdigkeit nicht gleich auf die Tischplatte!"
„Ruhe jetzt!", unterbrach Kremmel fast schon zornig. Gabi hob den Kopf etwas an und ihre Nasenflügel bebten. „Ich hätte ja weiter erzählt!"
„Kein Kindergarten! Wir sind alle etwas übermüdet und je schneller wir hier raus sind, umso besser. Also, was hat dieser Schauspieler gesagt?"
„Ja, also … Markl war wohl unzufrieden, weil er langsam arbeitete und manchmal Gäste verwechselte oder vergaß. Es kam wohl öfter zum Streit zwischen den beiden. Und er hat keine Zeugen für den Tatzeitraum. Er war angeblich allein zu Hause und hat Texte geübt."
„Sehr gut, Gabi", lobte Kremmel. „Du überprüfst die Freundin von Wendlinger und hakst nochmals bei diesem Schauspieler nach! Ok? Und was gibt es bei dir Interessantes, Florian?"
„Mir fiel eine Carola Sanftl auf. Sie gab offen zu, mal ein Verhältnis mit Markl gehabt zu haben. Die Frau ist nicht unattraktiv, scheint mir aber noch sehr jung. Auch gab sie an, enttäuscht gewesen zu sein, als er nach einigen Wochen nichts mehr von ihr wollte. Inzwischen lebe sie aber glücklich mit einem neuen Partner. Bei dem war sie angeblich auch zur Tatzeit. Ich werde das prüfen."
„Gut", sagte Kremmel. „Ich für meinen Teil muss mir diesen Koch noch mal vorknöpfen. Christian Aigner hatte am besagten Abend frei und ist angeblich mit seinem neuen Jeep ziellos durch die Gegend gefahren. Er gab zu, vor Kurzem Ärger mit dem Chef gehabt zu haben,

weil er seine Beiköchin gemobbt hat. Er hatte behauptet, dass Carola Sanftl die Hygienevorschriften nicht einhalten würde. Sanftl konnte aber das Gegenteil beweisen."

„Da scheint es ja zu brodeln in der Küche", kicherte Gabi Leinert wie bei einer unbeschwerten Damenrunde mit Kaffee.

„Du übernimmst Aigner?", fragte Florian.

„Ja", antwortete er, „und du hast jetzt Marschbefehl ins Bett! Keine Widerrede!"

Mit der Dynamik einer Galapagos-Schildkröte schleppte sich Florian die Treppen zur Wohnung hoch. Sein erster Weg führte ihn ins Wohnzimmer, obgleich er ahnte, dass Johanna dort nicht sein würde. In der Küche fand er schließlich ihren Zettel. Nachdem er die wenigen Worte gelesen hatte, ließ er ihn auf den Küchentisch fallen und öffnete eine Mineralwasserflasche. Gierig trank er daraus. Obwohl er Johanna gerne hinterher gefahren wäre, kannte er nur einen Gedanken: schlafen! Er ging ins Schlafzimmer und zog seine Jeans aus. So ließ er sich aufs Bett fallen und schlief wie ohnmächtig ein. Als Florian wieder erwachte, zeigte die Uhr 22.30. Johannas Bettseite war leer. Ob sie im Wohnzimmer saß oder noch fort war? Florian beschloss nachzusehen und drehte sich zum Bettrand. Dort schlief er wieder ein.

„Geh, Hannerl! Jetzt musst aber heimfahren. Ich mache mir sonst Sorgen, wenn du nachts alleine über die Landstraße fährst!“, sagte Hermine schon zum wiederholten Male. Sie saßen zusammen in der gemütlichen Wohnküche des Brandner Hofes.
„Und ich habe dir bereits gesagt, dass ich es erstens nicht eilig habe und zweitens möchte ich warten, bis Mama und Horst von der Aufführung der Peles Mundartbühne zurück sein werden. Sie wollten eigentlich um 22 Uhr zurück sein. Soll ich dir das aktuelle Sportstudio einschalten?“, fragte Johanna.
„Ah, geh! Ich werd‘ fernsehen, wenn schon mal mein Enkerl da is!“ Hermine lächelte Johanna an. Plötzlich packte sie beide Hände und hob sie schaukelnd hoch, so als stünden sie da und tanzten Ringelreihen. „Weißt, ich freu mich wirklich über deinen Besuch, aber irgendwas hast du doch auf'm Herzen. Hab ich recht? Normal müsstest du doch bei deinem Florian sitzen.“
„Was ist schon normal bei Florian? Er hat einen Einsatz, wie eigentlich immer!“, krächzte Johanna und kämpfte von einer Sekunde zur anderen mit einem Kloß im Hals. Oma hatte wie ein Trüffelhund genau den wunden Punkt entdeckt.
Hermine nickte und drückte Johannas Hände. „Respekt! So ein fleißiger Kommissar. Mei, was aus euch Kindern geworden ist. Nie hätt ich denkt, dass aus dem Florian mal so ein mutiger Mann wird. Naja,“ sie machte eine wegwerfende Handbewegung, „ganz so mutig ist er wohl nicht, sonst würd‘ er dich heiraten. Stimmt's, dass er nicht mag?“
Sie sah Johanna an und ihre Augen waren so klar wie ein Gebirgsbach.
„Musst nicht gleich weinen! Männer sind halt so, die haben's nicht mit dem Heiraten. Damals war des anders, da mussten viele, weil sich ein Kind angemeldet hatte. Nimmst du denn die Pille?“
Johanna nickte.
„Dann lass des Zeug halt einfach wega!“
„Oma!“
„Nix Oma! Als Frau muss ma dem Glück scho mal nachhelfen. Dass du die Tabletten schluckst, ist dem Florian recht, nicht wahr? Sein Vergnügen hat er ja. Zu was dann heiraten?“
„Oma! Ich habe einen tollen Job! Da lass ich doch nicht einfach die

Pille weg. Außerdem will ich Florian nicht zwingen oder auf diese Art erpressen", rief Johanna.
Hermine ließ die Hände los. „Von erpressen kann keine Rede sein. Ich sagte nachhelfen. Aber ich red' dir nicht drein. – Allerdings könntest du ihn eifersüchtig machen. Das hat bei mir damals auch geholfen. Geh doch mal mit dem Herrn Neumeier aus!"
Ohne es zu wollen, musste Johanna lachen. „Oma, du bist echt gut drauf! Und wenn es dich beruhigt, ich war schon mit Neumeier bei einem Abendessen."
Nun doch etwas erschrocken sah Hermine ihre Enkelin an. „Ah, geh! Und?"
„Was und?"
„Na, is a gscheits Mannsbild?"
„Wie meinst du das?"
„Taugt er zum eifersüchtig machen? Stell dich doch nicht so an! Oder hast du dich gar schon verliebt?" Ihr linkes Augenlid zuckte rhythmisch. Und es dauerte der alten Dame ein bisschen zu lange, bis Johanna antwortete: „Nein, eigentlich nicht!"
Hermine seufzte. Sofort hatte Johanna ein schlechtes Gewissen. Sie wollte ihre Oma nicht noch zu so später Stunde aufregen!
„Mach dir keine Sorgen, Oma. Es wird alles gut!"
Hermine ergriff erneut Johannas Hand. „Ich will doch nur, dass du glücklich wirst, egal mit wem!"
„Wirklich?", fragte Johanna und riss die Augen auf.
Da zwinkerte die alte Dame und kräuselte die Nase. „Am liebsten halt mit dem Florian. Des ist ein fescher Bub mit'm Herzen auf dem rechten Fleck!"
Johanna lachte auf. Wie sehr sie ihre Oma liebte! Ihr wurde ganz warm in der Brust und am liebsten hätte sie sie fest gedrückt. In diesem Moment hörten sie Sophias Schlüssel im Schloss und gleich darauf rief Horst: „Hallo, wir sind wieder da!"

Gerd Dampfinger hatte einen unruhigen Tag. Erst hatte er schon früher im Hotel antreten müssen, weil diese Kommissare alle Mitarbeiter vernehmen wollten. Dabei hatte er sich vorgenommen, tagsüber möglichst viele Texte zu lernen, damit er abends bei der Probe glänzen konnte. Wenn Kurt Wieser, der Regisseur, schon unbedingt die Hauptrolle doppelt besetzte, dann wollte er doch derjenige sein, der schließlich die Zusage bekam. Wieser war so ein aufgeblasener Wichtigtuer. Am Ende wollte er immer Recht behalten. Das erinnerte ihn an seinen ehemaligen Chef Markl! Wie der sich an Carola Sanftl rangemacht hatte, war widerlich gewesen. Und diese dumme Pute hatte sich um den Finger wickeln lassen, dabei hatte sie doch etwas Besseres verdient. Ihn zum Beispiel. Doch sie hatte nur gelacht, als er sie fragte, ob sie mit ihm ausgehen wollte. Und dann war es gekommen, wie es kommen musste: Markl hatte sie abgelegt wie ein schmutziges Wäschestück. Gerd hatte sie trösten wollen, sie ließ es geschehen. Doch jetzt hatte sie sich einem anderen zugewandt.

Als Gerd am Nachmittag auf dem Boden kauerte und lernte, hatte ihn nochmals diese Kriminalassistentin besucht und weitere Fragen gestellt. Er hatte ihr verschwiegen, dass er vor drei Tagen mit Markl gestritten hatte. Der wollte ihn entlassen, hatte ihm gedroht! Dabei war doch so offensichtlich, dass Markl Gründe suchte, um Leute zu entlassen. Wollte wohl Geld sparen. Nicht mit ihm! Er brauchte das Geld für seine Exfrau und den Sohn und von irgendwas musste er leben. Niemand nahm ihn ja ernst, niemand sah das Talent in ihm!

Nein, er würde schweigen wie ein Grab. Und die Hauptrolle im Weihnachtsstück, die würde er spielen. Todsicher!

Auch Christian Aigner kochte im wahrsten Sinne vor Wut. Er konnte sich kaum auf den Fond konzentrieren, den er zuzubereiten versuchte. Dieser Hauptkommissar hatte sich für heute nochmals angemeldet. Bloß gut, dass er jetzt in der Küche sein musste. Das gab ihm Zeit zum Nachdenken. Wie sollte er erklären, wo er zur Tatzeit war? Er überlegte, ob ihn jemand gesehen haben könnte. Er selbst wusste gar nicht mehr so genau, wie lange er mit seinem neuen Jeep durch die Gegend gekurvt war. Zu intensiv hatte er nachdenken müssen, weil ihn Markl angeschrien hatte und drohte, zu kündigen. Als ob er nicht schon genügend Schulden hätte, da konnte er Arbeitslosigkeit überhaupt nicht gebrauchen. Die vom Amt, die würden doch herauskriegen, dass seine Hobbys Auto und Fußballwetten nicht zum normalen Lebensstandart gehörten. Und dann war da noch die kleine Jagdpacht, die er endlich ergattert hatte. Wie er es liebte, immer wieder neue Rezepte mit Wildvariationen zu erfinden. Nein, das konnte dieser Markl nicht einfach kaputt machen.
Aigner hackte gelbe Rüben. Mit dem Küchenmesser hantiere er wie ein Samurai-Krieger mit dem Schwert. Wie gut, dass Markl tot war! Er hatte die Kündigung noch nicht schriftlich ausgehändigt. Jetzt war sie hinfällig und er würde seinen Job behalten! Wenn er nur wüsste, ob die Chefin schon Wind davon bekommen hatte. Na, die würde jetzt erst mal trauern. Er hatte nie verstanden, wieso die sich das alles von ihrem Alten gefallen ließ. So ein Hascherl war sie doch gar nicht, tat zumindest immer so kühl und elegant.
Autsch!
Blitzschnell ließ Christian Aigner das Messer fallen und steckte seinen linken Zeigefinger in den Mund. Er lutschte das Blut weg, das aus der Schnittwunde heraus quoll.
Der Lehrjunge Marko sah erschrocken von seiner Arbeit hoch.
„Schau nicht so blöd, hol mir lieber ein großes Pflaster!“, blaffte ihn Aigner an.

Am Montagnachmittag war der Bericht der Spurensicherung da. Florian Wallner fühlte sich immer noch müde. Er verstand selbst nicht, was mit ihm los war. Vielleicht lag es an dem lähmenden Sonntag, der hinter ihm lag. Johanna hatte Kopfschmerzen gehabt und war fast den ganzen Tag im Bett geblieben. Sie hatte so gut wie nichts gesprochen und ihm war nicht klar geworden, wie er es anpacken sollte, mir ihr zu sprechen. Wollte sie überhaupt sprechen oder nur ihre Ruhe haben? Schließlich hatte er es aufgegeben und aus purer Verzweiflung damit begonnen, den Kellerabschnitt aufzuräumen. Er rieb sich verstohlen den Nacken, als er den Bericht las. Kremmel kam ins Büro, eine Tasse Tee in der Hand. „Ist der Bericht schon da? Erzähl, was es Neues gibt!", sagte er, als er sich setzte.
„Die Spusi ist sicher, dass nicht eingebrochen wurde. Die Scherben lagen vermehrt auf der Terrasse und der Sprungwinkel auf der Scheibe spricht auch dafür, dass der Schlag von innen getätigt wurde." Florian sah Kremmel an. „Dachte mir schon, dass Markl den Täter gekannt hat. Der Tatort wirkte nicht wie nach einem Einbruch, bei dem das Opfer den Täter überrascht hat. Wie mir die Witwe nochmals bestätigte, fehlt kein einziges wertvolles Stück."
Kremmel nippte an der Teetasse und verzog das Gesicht.
„Also hat Markl seinem Mörder selbst die Tür geöffnet oder dieser hatte sogar einen Schlüssel."
„Oder er lebte mit dem Mörder unter einem Dach", meinte Florian. „Ich traue der Witwe nicht. Sie kommt mir latent aggressiv vor. Kein Wunder, wenn man ständig betrogen wird. Also ich könnte so nicht leben und schon gar nicht lieben!"
„Wär' auch nicht mein Geschmack!", brummte Kremmel. „Gibt es sonst irgendwelche Spuren oder Anhaltspunkte?"
„Auf der Tatwaffe waren Fingerabdrücke, allerdings nur von Laura Groß-Markl und Markl selbst. Ansonsten wurden Abdrücke von Lederhandschuhen festgestellt. Es war feinporiges Lammleder. – Also entweder von einem Damenhandschuh oder ein teurer Herrenhandschuh mit erlesenem Leder", erklärte Florian.
„Sonstige Spuren?"
„Keine Schuhabdrücke, keine Haare oder Stofffasern, nur die Scherben und Weinreste sowie Blut des Opfers. Unter Markls Fingernägeln

fanden sich keine Hautpartikel oder Fasern", zählte Florian auf und sah nochmals auf den Bericht.
„Das Phantom kam also, mordete und ging. Mist, jetzt sind wir so schlau wie vorher!" Kremmel stellte die Teetasse ab. „Aber im Prinzip haben wir eine Menge Verdächtiger. Ich bin mir sicher, dass unter ihnen auch der Mörder ist! Gabi hat übrigens das Alibi von Markus Wendlinger überprüft. Er war tatsächlich mit seiner Freundin im Kino. Die Kassiererin hat es bestätigt, sie konnte sich an die beiden erinnern. Hast du nochmal mit Carola Sanftl gesprochen?"
Florian stand auf, er wollte sich bei Gabi einen Espresso holen. „Ja, habe ich. Sie bleibt bei ihrer Aussage, dass sie bei ihrem Freund Andreas war." Er ging zur Tür.
„Ja, und?", rief ihm Kremmel nach. „Hast du weiter geprüft?"
Florian sah ihn an, als habe Kremmel ihn gebeten, eine Übersetzung ins Koreanische vorzunehmen. „Nein! Ich habe zwar die Handynummer, aber es ist doch logisch, dass er ihre Aussage unterstützt!"
„Na gut", grunzte Kremmel. „Wenn du jetzt unter den Hellsehern bist, werden wir den Fall sicher bald gelöst haben!"

„Haben Sie sich überlegt, ob Sie mich bei dem Projekt unterstützen?“, fragte Leon Neumeier.
Johanna tat so, als habe sie ihn erst jetzt bemerkt, dabei hatte sie schon an der Art des Klopfens erkannt, dass ihr Chef gleich ins Zimmer treten würde. Sie konnte nicht verhindern, dass ihr Herz schneller klopfte. Betont langsam sah sie vom Schreibtisch auf, direkt in seine Augen und konnte gar nicht anders, als ihn anzulächeln. „Ja, habe ich. Gerne unterstütze ich Sie!“, hörte sie sich auch schon sagen. Moment mal! Sie hatte sich vorgenommen zu zögern und ihn zappeln zu lassen. Sollte er mal bloß nicht glauben, dass sie mit fliegenden Fahnen zu ihm eilen und ihm zusagen würde. Auch wenn er den Arbeitsaufwand extra entlohnte, war ihre Leistung nicht selbstverständlich! Und er sollte sich bloß nicht einbilden, dass er kam, sah und siegte, nur weil er der schöne Leon war.
„Das freut mich außerordentlich!“, hörte sie Neumeier auch schon sagen und er lachte noch eine Spur breiter. „Wir gehen das Ganze auch offensiv an. Ich habe für Donnerstag einen Termin bei einer hervorragenden PR-Agentur vereinbart. Sie sitzt in München und ich möchte gerne, dass Sie mich begleiten.“ Er sah sie an und schien auf ihre Reaktion zu warten.
„München? Ja, … das ist machbar.“
„Genau genommen dauert die Reise zwei Tage. Ich hoffe doch, Sie können sich frei nehmen, also zu Hause. In München hat letzten Freitag der Christkindl-Markt eröffnet. Das ist doch immer eine Reise wert.“ Leon Neumeier lehnte sich mit beiden Händen lässig an ihre Schreibtischkante.
„Zwei Tage? Also mit Übernachtung? Ich bin … also ich“, stotterte Johanna wie ein schüchterner Teenager.
„Eine Dienstreise muss in Ihrer Position schon mal drin sein. Ist ja nicht nach Fernost und nur für zwei Tage!“, neckte er sie.
Johannas Wangen brannten. Sie wollte doch toug sein! Wieso fühlte sie sich so überrumpelt? Vielleicht, weil sie diese Spur zu viel Selbstbewusstsein an ihm nervte. Dem würde sie es zeigen. „Klar“, antwortete sie. „Das geht selbstverständlich klar!“

„Du machst was?“, rief Florian am Abend, als ihm Johanna von der Dienstreise erzählt hatte. „Du fährst mit diesem Schnösel nach

München und auch noch über Nacht! Will der dich anbaggern?"
Johanna stand am Herd und briet zwei Putenschnitzel. Etwas schwungvoller als nötig wendete sie das Fleisch in der Pfanne. „Eifersüchtig? Hallo, ich hab' einen anspruchsvollen Job. Da gehören Dienstreisen schon mal dazu. Ich sag' ja auch nichts, wenn du die Nächte durcharbeitest."
„Oh doch, und ob!" Florian legte lärmend das Besteck auf den Tisch. „Und du sagst selbst, dass es eine Sonderaufgabe von Neumeier ist."
„Die bezahlt wird. Ich dachte, du bist stolz auf mich!"
„Bin ich auch."
„Ah ja? Davon merke ich aber nichts. Du sagst nie etwas!"
Johanna zog den Schnellkochtopf vom Herd.
Florian hielt inne und sah ihr zu, wie sie werkte. „Natürlich!", sagte er und klang selbst nicht überzeugt. Prompt drehte sich Johanna um, verschränkte die Arme und sah ihn angriffslustig an. „Wann hast du das letzte Mal was Positives über mich gesagt?"
Er biss auf die Lippen. Da hatte sie ihn eiskalt erwischt! Er nahm eine Gabel, verrückte sie um wenige Millimeter und ließ sie wieder los. „Du weißt selbst, dass ich kein guter Rhetoriker bin", murmelte er.
„Stimmt nicht! Ich habe mich in dich verliebt, auch gerade, weil du Gefühle so gut ausdrücken kannst!"
Er zuckte die Schultern. „Ausdrücken vielleicht. Das heißt nicht zwangsläufig, es dauernd in Worte zu packen. Willst du das? Jeden Tag eine Liebeserklärung und eine Hymne, wie toll du bist?"
Ohweia! Voll daneben, das wusste er selbst! Welche Frau hörte nicht gerne, wie sehr sie geliebt und begehrt wurde.
Wortlos drehte sich Johanna um.
Florian fühlte sich wie ein kleiner Junge, der sich verlaufen hatte und niemanden nach dem Weg fragen konnte. In seiner Wut hatte er das Gespräch völlig falsch angepackt. „Dann fahr doch mit dem Schnösel weg, wenn du nicht siehst, worauf das hinaus läuft!", rief er. Himmel, dachte er, ich mache alles nur noch schlimmer! Als ob die Salatschüsseln etwas dafür konnten, setzte er sie hart auf den Tisch auf. Johanna zuckte zusammen. Der Blick, den sie ihm zuwarf, enthielt eine ungewohnte Kälte und an ihrer Haltung konnte er erkennen, wie sehr er sie eben verletzt hatte. So etwas wie Panik stieg in ihm auf.

„Auf was läuft es deiner Meinung nach hinaus?“, hörte er sie fragen. „Dass er um mich wirbt oder wie du es nennst ‚anbaggert‘? – Wäre das wirklich so schlimm? Könnte dir doch recht sein, dann hast du mich los und kannst wieder in Ruhe vor dich hinleben.“

Florian trat gegen das Tischbein. „Weißt du was? Iss deine bescheuerten Schnitzel doch selbst!“, rief er, ging aus der Küche, packte seine Jacke und die Schlüssel und schlug die Wohnungstüre hinter sich zu.

„Ich hab‘ was für euch! Glaub ich jedenfalls!“, sagte der Polizist Peter. Er stand im Büro von Kremmel und Wallner und knöpfte seine Jacke auf.
„Das muss den Dienstweg gehen!“, brummte Kremmel und sah nicht vom Bildschirm weg. Er hatte schlechte Laune. Gestern Abend hatte er mit Sabine telefoniert und sie hatte ihn gebeten, das Wochenende mit ihr in München zu verbringen. Schonend hatte er versucht, ihr beizubringen, dass er es wahrscheinlich nicht schaffen würde, bis sie mit den Ermittlungen einen Schritt weiter waren. Wie fast nicht anders zu erwarten, hatte sie gekränkt reagiert. Es schien wie verhext, und jetzt kam auch noch Peter und faselte was von einem neuen Fall!
„Ich bin der Dienstweg!“, sagte Peter auch schon. „Staatsanwalt Reichlin ist auch gleich da. Also hört euch erst mal von mir an, was ich zu sagen habe!“
„Was ist?“, fragte Florian. Auch seine Laune ließ zu wünschen übrig.
„Also, heute gegen Mittag stürzte ein Mann von einem Balkon der Kurklinik Bavaria. Er heißt Max Hirzer und war dort in der Verwaltung tätig.“
„War?“, horchte Florian auf.
„Ist“, korrigierte Peter. „Im Moment liegt er aber auf der Intensivstation.“
„Und was hat das jetzt mit uns zu tun?“, unterbrach Kremmel unwirsch.
„Eine Zeugin sagte aus, sie glaube, auf dem Balkon noch einen Mann gesehen zu haben. Sie hätte sich nichts weiter dabei gedacht und war in ihr Auto gestiegen. Plötzlich sah sie, wie der Mann, also Hirzer, stürzte und auf dem Boden aufschlug. Es war niemand mehr zu sehen, als die Zeugin nach dem ersten Schreck nach oben sah. Sie hat sofort Polizei und Notarzt verständigt.“
„Wo ist Hirzer jetzt?“
„In der Uni-Klinik Passau. Seine Frau wurde von uns benachrichtigt. Meine Kollegen und ich haben sofort nach weiteren Zeugen gesucht. Bis jetzt leider erfolglos“, sagte Peter. „Es dürfte euch allerdings interessieren, dass Hirzer mal bei Markl angestellt war. Ich weiß das zufällig, weil meine Freundin auch in der Kurklinik im Büro arbeitet. Hirzer kam vor etwa einem Jahr und ist der Chef von meiner Freundin.“

Kremmel lehnte sich nach hinten. „Da schau her!“, stieß er hervor. „Schön langsam wird's ein bisschen viel!“
„Gesetz der Serie!“, brummte Florian.
Kremmel drehte einen Kugelschreiber in seiner Hand und warf ihn schließlich auf den Schreibtisch. „Florian, du schnappst dir Gabi und fährst zur Kurklinik. Dort versucht ihr Zeugen zu finden. Lasst euch von Peter die Adresse der Hauptzeugin nennen und fahrt auch da nochmals hin. Ich werde mal nach Passau fahren und sehen, ob Hirzer schon ansprechbar ist.“
Kaum hatte Kremmel ausgesprochen, wurde die Tür aufgerissen und Peter konnte mit einem Sprung auf die Seite gerade noch verhindern, dass ihm die Türe in den Rücken gestoßen wurde. Staatsanwalt Reichlin rauschte herein. Ohne zu grüßen begann er: „Meine Herren! In den letzten Tagen wird mir ein bisschen zu viel gemordet. Wir haben Advent, der Christkindl-Markt wird eröffnet und die ersten Wintergäste rücken an. Da können wir keine Mordfälle gebrauchen. Das sagte ich doch schon! Und wie weit sind Sie mit den Ermittlungen fortgerückt? Gar nicht! Im Gegenteil, es wird heiter weiter gemordet!“ Er rang nach Luft.
Kremmel nahm den Kuli wieder in die Hand und drückte den Minenknopf auf und ab. „Was wollen Sie damit sagen?“, fragte er und bemühte sich, ruhig zu bleiben. „Dass wir nicht genug arbeiten? Oder dass wir gar für die Vorfälle verantwortlich sind? –
Wir tun unser Bestes!“
„Das will ich auch hoffen. Sicher sind Sie nicht für die Morde verantwortlich. Wäre ja noch schöner. Aber Sie sind verantwortlich, dass sie schnell aufgeklärt werden. Es geht auch um den Ruf der Region! Haben Sie schon die Passauer Neue Presse gelesen? Nein? Sollten Sie aber! ‚Tod im Hotel‘ ist die Headline. Da kommt doch kein Gast mehr!“
„Wir sind dran!“, brummte Kremmel und warf den Kuli wieder auf den Schreibtisch.
„Nur zu, meine Herren. Ich erwarte, dass Sie diese Routinefälle in wenigen Tagen gelöst haben. Sonst muss ich mir überlegen, ob ich nicht Unterstützung aus einer Großstadt anfordere. Die haben Erfahrung mit sowas und können gleich da bleiben. Haben Sie mich verstanden?“ Reichlin zerrte an seinem Krawattenknoten.

Florian Wallner fühlte sich, als hätte er von Reichlin eine Ohrfeige erhalten und zuckte bei den letzten Worten etwas zusammen. Er hoffte, dass es niemand bemerkt hatte.
Kremmel war es nicht entgangen und es steigerte seine Wut auf Reichlin umso mehr. Ihm konnte er nicht drohen. Alles hatte seine Zeit, das stand schon in der Bibel. Und ein Mord klärte sich selten über Nacht.
„Das wird nicht nötig sein!“, antwortete Kremmel so ruhig, als lese er am Frühstückstisch aus einer Sonntagszeitung vor. „Wir lösen den Fall bald. Darauf können Sie Gift nehmen, Herr Reichlin. Natürlich nur bildlich.“ Er lachte wie ein Aristokrat beim Bridgetspiel. „Sie wissen ja selbst, alles nur Routine!“

Keine fünf Minuten befand sich Kremmel in der Uni-Klinik und schon spürte er es wieder: Diese Mischung von Krankheit, Hoffnung, Resignation und Tod, der Duft von Sterilisationsmitteln und Bohnerwachs, die Anwesenheit von bleichen Patienten und eilenden Ärzten machten ihn binnen kurzer Zeit nervös. Eilig schritt er zu der Intensivstation, die ihm genannt worden war, voran und als er an der Stationstüre läutete, graute ihm vor der geballten Maschinerie, die er gleich erblicken würde. Eine Schwester öffnete ihm und sah nur kurz auf den Dienstausweis, dann wies sie ihm die Betreuungskabine, in der Max Hirzer um sein Leben kämpfte.

„Wie geht es dem Patienten?", fragte Kremmel, als er neben der Schwester hereilte. „Der Zustand ist kritisch, im Moment aber stabil. Von Entwarnung kann aber keine Rede sein. Weitere Details besprechen Sie bitte mit dem Stationsarzt. Der hat aber gerade zu tun." Weg war sie.

Erst jetzt nahm Kremmel die Frau wahr, die vor der Glaswand stand, hinter der Max Hirzer lag. Sie trug einen roten Wintermantel und hatte braun gelocktes Haar, das fast bis zur Taille reichte. Sie sah Kremmel an, als er neben sie heran trat.

„Sind Sie Frau Hirzer?", flüsterte Kremmel.

„Ja. Und wer will das wissen?", fragte sie mit brüchiger Stimme. Sie zog ein Papiertaschentuch aus der Manteltasche und hielt es unter die Nase.

„Hauptkommissar Werner Kremmel", stellte er sich vor.

Sie nickte. „Wird ja auch Zeit, dass sich die Polizei richtig um meinen Mann kümmert. Das war kein Unfall, das war ein Mordversuch!"

„Was veranlasst Sie, so zu denken?"

„Sie sind ein Komiker!" Sie steckte das Taschentuch wieder ein und warf mit einer Hand ihr Haar zurück. „Wieso sollte mein Mann vom Balkon fallen? Er ist doch kein Kleinkind! Außerdem sagte der Polizist, dass eine Zeugin glaubt, noch einen zweiten Mann gesehen zu haben. Wenn das kein Beweis ist!"

„Wie haben Sie von dem Unglück erfahren?", fragte Kremmel.

„Ich war zu Hause. Man hat mich angerufen."

„Konnten Sie schon mit Ihrem Mann sprechen?"

Sie schüttelte den Kopf und ihre sanften Locken wippten rhythmisch.

„Nein, sie haben mich nur kurz zu ihm gelassen und außerdem ist er nicht ansprechbar. Und jetzt muss ich gehen, meine Schicht in der Klinikküche beginnt gleich“, schniefte sie.
„Arbeiten Sie auch in der Kurklinik Bavaria?“
Frau Hirzer nickte. „Könnten Sie mich benachrichtigen, wenn Sie mehr wissen? Eigentlich wollte ich den Arzt noch sprechen.“
„Ja, haben Sie ein Handy dabei? Dann rufe ich Sie an“, versprach Kremmel.
Als Frau Hirzer weg war, setzte sich Kremmel auf einen Stuhl an der Wand gegenüber. Er würde hier ausharren, bis der Arzt kam. Darauf wartete er fast eine Stunde. Schließlich erfuhr er von dem jungen Stationsarzt, dass Hirzer ein Schädeltrauma erlitten hatte, ferner einige Wirbel gebrochen waren, zudem mehrfache Brüche an Armen und Beinen. Er hatte außerdem einen Milzriss erlitten.
Kremmel schluckte. „Darf ich kurz zu ihm?“
Der Stationsarzt wandte sich wie ein Wurm am Haken. „Ein paar Minuten. Sie werden ja doch nicht mit ihm reden können. Ich sage der Schwester Bescheid!“
Minuten später stand Kremmel zwischen Monitoren und Geräten, die allerhand befremdliche Geräusche von sich gaben. Er versuchte, sich nicht irritieren zu lassen, doch das zerschundene Gesicht von Max Hirzer bot kein beruhigendes Bild: bleich wie das Betttuch auf dem er lag, die Augenhöhlen blutunterlaufen, in der Nase eine Sonde, die Sauerstoff zuführte.
Kremmel spürte, dass es keinen Sinn hatte, hier zu warten. Er wollte sich gerade abwenden, als Hirzer mit den Lidern zucke. Wie gebannt starrte ihn Kremmel an. Als er erneut aufbrechen wollte, öffnete Hirzer die Augen und sah den Hauptkommissar ganz ruhig an, so als wisse er, wo und warum er sich dort befand. Er bewegte die Lippen.
„Wie bitte? Möchten Sie etwas sagen?“, fragte Kremmel alarmiert. Instinktiv beugte er sich zu dem Patienten heran, so nah es ein respektvoller Abstand zuließ und hoffend, eine wertvolle Information zu erhalten. Und tatsächlich, Hirzer wiederholte sein Bemühen, bewegte seine Lippen, riss dabei vor Anstrengung die Augen weit auf.
„Ich verstehe Sie leider nicht!“, sagte Kremmel. Er war so angespannt, dass er in der warmen Umgebung zu schwitzen anfing.

„Ssss…i…e …ach…d!”, röchelte Hirzer.
„Ich weiß, das ist sehr schwer für Sie, aber ich verstehe Sie leider nicht“, bedauerte Kremmel.
„Ssss…“ Er stöhnte. „Stille…Na…ch…t!“ Ein Flüstern nur. Mit aller Kraft. Mit letzter Kraft. Eine Offenbarung?
Kremmel verstand den Zusammenhang nicht. „Herr Hirzer, es ist gut. Ich komme morgen wieder. Dann geht es Ihnen besser und wir reden. Ich wünsche Ihnen alles erdenklich Gute“, sagte Kremmel.
Eine Lampe auf einem der vielen Monitore blinkte hektisch.
„Alles Gute!“, wiederholte Kremmel. Er hatte die Schwester an der Türe schon gesehen. Sie winkte ihm zu, orderte ihn nach draußen und eilte mit quietschenden Sohlen ans Bett von Hirzer.
Vom Glasfenster sah Kremmel noch einmal auf den Schwerverletzten. Eine seltsame Beklemmung befiehl ihn dabei und sein Gefühl sollte ihm recht geben. Noch in dieser Nacht starb Max Hirzer an den Folgen einer Gehirnblutung.

„Hast du wirklich keine Ahnung, was er dir sagen wollte?“, fragte Florian Wallner. Sie saßen im Büro und hatten eben die Nachricht aus der Klinik erhalten.
„Nein, unmöglich. Hirzer stammelte nur und das, was er gesagt hat, ergibt überhaupt keinen Sinn“, meinte Kremmel und kratzte sich am Kinn.
„Vielleicht ergibt es nur für dich oder im Moment keinen Sinn“, wandte Gabi Leinert ein. „Hinterher ist man immer schlauer. Was hat er eigentlich gesagt? Vielleicht war es ein Name oder der Schlüssel zum Mörder?“
Kremmel nahm seine Lesebrille ab und schmunzelte. „Gabi, ich glaube, du liest zu viele Krimis. Da gibt es solche Szenen. Die Wirklichkeit ist meist anders.“
Sie überhörte die dezente Kritik. Wieso hatte Kremmel solch schlechte Laune? Mit verschränkten Armen, dabei mit einer Hand am Anhänger der Kette spielend, wiederholte sie: „Also, was hat er gesagt? Oder gib zu, dass du es vergessen hast!“
„Vergessen!“, zischte Kremmel. „Er sagte etwas, was sich wie ‚Stille Nacht‘ anhörte. Und, was schließt du daraus?“
Gabi Leinert zerrte an der Kette. „Wie das Weihnachtslied?“
Florian Wallner winkte ab. „Siehst du! Man darf es nicht überbewerten. Immerhin war der Mann schwer verletzt.“ Dann stieß er mit dem Fuß gegen den Papierkorb. „So ein Mist aber auch! Wäre ja zu schön gewesen, wenn Hirzer den Täter genannt hätte.“
„Ihr beiden seid heute gut gelaunt! Was ist los? Welche Laus ist euch über die Leber gelaufen?“, fragte Gabi.
„Das Leben an sich!“, konterte Kremmel. „Aber dafür bist du noch viel zu jung.“
Gabi ließ die Kette los und setzte sich auf den Schreibtischrand bei Florian. „Stille Nacht!“, murmelte sie. „Was könnte das bedeuten? In drei Wochen ist Weihnachten.“
„Wie schön!“, brummte Kremmel und wandte sich Florian zu. „Wir müssen Frau Hirzer aufsuchen und hinterfragen, ob ihr Mann mit jemandem in Konflikt war und …“
„Das ist es!“, rief Gabi und sprang vor Eifer mit einem Satz von der Schreibtischkante. „Genau! ‚Stille Nacht‘ ist das Theaterstück, in dem

Gerd Dampfinger mitspielt. Er lernte gerade Text, als ich ihn neulich besuchte. Er schien mir das sehr wichtig zu nehmen."
Kremmel starrte Gabi an. Er konnte es nicht leiden, wenn er unterbrochen wurde. Viel mehr noch elektrisierten ihn ihre Worte.
„Wo und wann wird denn das Stück aufgeführt?", fragte Florian. Er saß aufrecht auf dem Bürostuhl, fast wie ein Erdmännchen, das Witterung aufnimmt.
Gabi gefiel die ungeteilte Aufmerksamkeit. So lächelte sie erst breit, bevor sie antwortete: „Das Stück wird erstmals am 20. Dezember aufgeführt und zwar im Kurhaus. Dampfinger gab mir sogar ein Programmheft mit, auf dem unter anderem alle Termine stehen."
„Die Mitwirkenden auch?", fragte Florian. Er saß immer noch seltsam starr.
Gabi nickte. „Zumindest die Hauptrollen. Das ist doch ähnlich wie bei dem Notizbuch von Frau Groß-Markl. Wir bekommen mögliche Täter quasi frei Haus geliefert."
„Na, ganz so einfach ist es leider nicht!", brummte Kremmel und räusperte sich. „Aber es ist was dran, an deiner These. Vielleicht wollte mir Hirzer zu verstehen geben, dass ich zumindest seinen Angreifer unter dem Ensemble finden kann. Nicht auszuschließen ist ja, dass der Täter auch der Mörder von Markl ist."
„Und auch gleich der Bankräuber?", rief Florian. „Das wäre zu schön um wahr zu sein!"
Kremmel ballte eine Faust und klopfte auf den Schreibtisch. „Meine Herrschaften – wir haben einiges zu tun. Jeder an die Arbeit! – Ach und Gabi, was wolltest du uns vor einer Viertelstunde noch so dringend mitteilen?"
Sie blieb stehen und patschte sich mit der Handfläche an die Stirn. „Mensch, das hätte ich glatt vergessen, vor lauter Rätselraten!
„Ich habe Kontakt mit Tim Wassermann aufgenommen!"
„Und?", fragte Kremmel und trommelte mit den Fingern auf dem Schreibtisch. „Ist das ein Internet-Horoskop? Sollte uns das interessieren?"
Gabi verschränkte die Arme und grinste. „Ja, sollte es! Das ist der Mann, der gegen Mladen Danvac Anzeige erstattet hatte. Du weißt schon, wegen Erpressung und Körperverletzung."

„Ach so, jetzt fällt der Groschen. Und, was sagt der Wassermann?"

„Er will keine Aussage mehr machen. Er meinte, man sollte Tote ruhen lassen", erläuterte Gabi. „Für mich klingt das eher, als hätte da einer nasse Füße bekommen und Angst, dass ihn ein ähnliches Schicksal ereilt wie Danvac."

„Das ist gut möglich", murmelte Kremmel.

Tanja Hirzer öffnete Kremmel und Wallner im Morgenmantel die Haustüre. Sie war blass, ihre Augen jedoch klar und es war nicht zu erkennen, ob sie geweint hatte, obwohl sie ein Taschentuch in der Hand hielt. Wortlos ließ sie die Männer eintreten.
Sie ging voran und die Kommissare folgten ihr in ein sehr modern eingerichtetes Wohnzimmer. „Haben Sie schon Neuigkeiten?“, fragte sie und bot mit einer Handbewegung Platz an.
Bevor sie sich setzten, kondolierte zuerst Kremmel, dann Florian. „Leider haben wir noch keine Hinweise, was sich genau auf dem Balkon abgespielt hat“, begann Kremmel. „Hatte Ihr Mann in letzter Zeit irgendwelche Sorgen oder wurde er von jemandem bedroht?“
„Nein!“, sagte sie, ohne lange zu überlegen. „Nicht dass ich wüsste. Es war alles ok. Deswegen begreife ich nicht, weshalb ihn jemand umbringt.“
„Besteht die Möglichkeit, dass sich Ihr Mann selbst umbringen wollte? War er depressiv?“, fragte Florian.
Tanja Hirzer drehte ihren Kopf so rasch zur Seite, dass ihre Locken wirbelten. „Was erlauben Sie sich?“, fuhr sie ihn an. „Mein Mann war weder depressiv noch hat er irgendwelche Andeutungen gemacht, dass er unglücklich ist. Er wurde umgebracht, da bin ich mir sicher. Max war nicht der Typ, der einfach vom Balkon springt!“
Kremmel fragte sich, ob es einen klassischen Balkonspringer-Typ gab, schwieg aber. Ihre aggressive Haltung reizte ihn. „Was trieb ihn dann auf den Balkon und über die Brüstung?“
„Das ist doch Ihre Aufgabe, das heraus zu finden! Eine Zeugin haben Sie ja, fragen Sie doch die!“, fuhr Frau Hirzer hoch.
„Bitte beruhigen Sie sich!“, bat Florian. „Wir verstehen Ihre Verzweiflung, können aber nur effektiv arbeiten, wenn Sie uns unterstützen. Die Aussage der Zeugin ist leider relativ unbrauchbar, weil sie den zweiten Mann – sie glaubt nur, dass es ein Mann war – weder genau gesehen hat noch beschreiben kann. Und den Moment des Sturzes über die Brüstung hat sie auch nicht verfolgt. Also: Hatte Ihr Mann irgendwelche Probleme?“ Florian zog beide Augenbrauen hoch und sah sie so mild an wie ein Pfarrer sein Erstkommunionkind, das zur ersten Beichte kommt.
Tanja Hirzer ließ die Schultern hängen. „Naja. Vielleicht sollte ich sagen, dass sich Max in seiner neuen Position nicht so wohl fühlte.

Es lag nicht an den Vorgesetzten oder Kollegen, sondern er vermisste einfach sein altes Aufgabengebiet. Mein Mann arbeitete noch vor einem Jahr im Hotel ‚Zur Post' und war dort die rechte Hand von Frau Groß-Markl. Nach seinem Jagdunfall hatte er Probleme mit dem Knie und war viele Wochen krank. Die Chefin legte ihm nahe, einen neuen Job zu suchen. Max vermutete, dass sie Personal einsparen wollte und war sehr gekränkt. Ob sonst noch was vorgefallen ist, weiß ich nicht." Sie sah plötzlich zu Boden.
„Könnte denn sonst noch was vorgefallen sein?", fragte Florian.
Frau Hirzer starrte auf den Teppich und schüttelte den Kopf.
„Es ist wichtig", lockte Florian.
Sie reagierte nicht.
„Ihr Mann ging zur Jagd?", fragte Kremmel und erst jetzt fiel auch Florian der Zusammenhang auf. Und wieso war er nicht sofort hellhörig geworden, sondern erst, als Kremmel nachhakte?
„Jetzt kaum noch. Er hatte die Jagdpacht zurückgegeben. An Herrn Groß zurückgegeben, wenn Sie verstehen, was ich meine", sagte sie. „Max war einfach zu gekränkt, um weiter mit seinem Ex-Chef zu jagen."
„Hat Ihr Mann Waffen im Haus?", fragte Kremmel.
„Ich glaube schon", sagte sie und hob die Schultern. „Er hat einen Metallschrank im Keller. Dort bewahrte er seine Jagdutensilien auf."
„Haben Sie einen Schüssel für diesen Schrank?"
„Nein, das war seine Angelegenheit und ich habe mich auch nicht darum gekümmert, was im Schrank ist. Selbst seine Kleidung, die er zur Jagd trug und die Schuhe musste er reinigen. Mich widert es an, diese Jagerei. Ich bin Vegetarierin!"
„Aber irgendwo muss der Schlüssel doch sein!", meinte Florian. „Wissen Sie wenigstens, wo er den aufbewahrt hat?"
„Wenn Sie unbedingt meinen!" Schwungvoll stand sie auf. „Ich werde nachsehen." Sie ging zu einem Sideboard und öffnete eine Schublade, wühlte sichtlich lustlos darin und zog nach kurzer Zeit einen Schlüsselbund hervor. „Hier bitte! Wenn Sie mir in den Keller folgen wollen."
Schon auf der Treppe, die zum Keller führte, lag allerhand Zeug herum, doch die Kellerräume wirkten vollgestopft, als hätte man ver-

sucht, das Hab und Gut mehrerer Familien in drei Räume zu verstauen. Tanja Hirzer schien die Unordnung nicht zu stören oder sie ließ es sich nicht anmerken. Zielstrebig ging sie zu einem Schrank in einer Art Werkstatt und steckte den Schlüssel ins Schloss.
„Hier bitte, aufsperren müssen Sie selbst. Wie schon gesagt, es widert mich an!" Sie trat zur Seite.
Kremmel nickte Florian zu und dieser öffnete zügig den Schrank. Auf der linken Seite befanden sich, was in dieser Umgebung eher ungewöhnlich wirkte, in akkurater Ordnung einige Kleidungsstücke und Decken. Auf der linken Seite lehnten zwei Jagdgewehre jeweils in einer dafür vorgesehenen Halterung und einige Packungen Munition sowie zwei Jagdmesser jeweils in einer Lederscheide.
„Und Sie wissen jetzt wirklich nicht, ob was fehlt?", fragte Kremmel und räusperte sich.
Wortlos schüttelte sie den Kopf. „Geht mich nichts an!", knurrte sie schließlich wie ein angriffslustiger Hund. Kremmel sah sie erstaunt an. „Und was lag da, an diesem Platz?" Er zeigte auf die vermeintlich freie Stelle neben den Munitionspäckchen.
„Keine Ahnung! Was fragen Sie? Glauben Sie mir nicht?"
„Besaß Ihr Mann auch eine Jagdpistole?"
Sie verschränkte die Arme. „Sind Sie schwerhörig?" Sie schmollte wie ein kleines Mädchen, das vom Spiel weg geholt wurde.
Florian beugte sich in den geöffneten Schrank und sah sich die Munition an. Die oberen Päckchen gehörten zu den Jagdgewehren, im untersten Päckchen befanden sich Patronen für eine Jagdpistole! Er zog es heraus.
„Bingo!", sagte er und hielt es Kremmel hin.
„Frau Hirzer, ich frage Sie noch ein letztes Mal ..."
„Nein!", schrie sie und fiel ihm ins Wort. „Mich geht das Zeug hier nichts an. Ich weiß nichts."
„Wir nehmen die Munition mit und werden sie vergleichen. Sollte das Kaliber identisch sein, wie das, das bei dem Überfall auf die Raiffeisenbank verwendet wurde, müssen wir Ihr Haus durchsuchen. Es sei denn, Ihnen fällt doch noch ein, wo die Waffe sein könnte", drohte Kremmel.
Sie schob die Unterlippe noch weiter nach vorne. „Machen Sie doch, was Sie wollen, aber nicht ohne Durchsuchungsbefehl. Und jetzt ver-

lassen Sie mein Haus! Suchen Sie lieber den Mörder meines Mannes, anstatt dass Sie ihn verdächtigen. Raus jetzt!"
Kremmel nickte Florian zu. „Man sieht sich!", sagte er und wandte sich zum Gehen.

„Du gibst die Munition sofort zur KTU. Wenn das Kaliber passt, beantragen wir bei der Staatsanwaltschaft einen richterlichen Durchsuchungsbeschluss. Vielleicht finden wir dann auch die Kleidung, die Frau Sollner beschrieben hat", sagte Kremmel. „Bei meinem letzten Besuch bei ihr in der Filiale äußerte sie, dass sie sich nicht sicher sei, aber sie glaube, der Täter habe etwas gehumpelt, als er aus der Filiale geflüchtet sei."
„Das wäre zu schön, wenn wir den Überfall klären könnten", brummte Florian.
„Ich glaube auch, dass wir auf diese Weise Reichlin anspornen, dass er zu einem Durchsuchungsbeschluss kommt. – Sag' mal, täusche ich mich oder ist Frau Hirzer schwanger?"
Florian, der gerade in den Dienstwagen steigen wollte, hielt inne. „Könnte gut möglich sein. Der Bademantel war weit geschnitten, ein Bäuchlein aber sichtbar vorhanden, obwohl sie eigentlich schlank ist. Meinst du, wir sollen noch mal nachfragen?"
„Lass mal", winkte Kremmel ab. „Das ist bei Frauen eine heikle Sache, falls es nur ein Bäuchlein ist. Wenn sie schwanger sein sollte, kriegen wir das schon noch raus."

Paul Gschwender stand am Fenster und trommelte mit den Fingern auf das Fensterbrett. Eben hatte ihm ein Pfleger ausgerichtet, dass seine Mutter aus dem Koma erwacht war. Man wollte ihn wohl damit besänftigen. Ruhig stellen, damit sein ständiges Fragen aufhörte. Aber er würde sich selbst vergewissern. Das stand ihm schließlich zu! Paul hatte alles auf eine Karte gesetzt und das getan, was er sich in den letzten Tagen immer und immer wieder überlegt hatte: Er drohte sich umzubringen, wenn er nicht zu seiner Mutter darf. Sicher, sie konnten ihn noch mehr überwachen, in die gläserne Zelle stecken, wie sie es nannten, und ihn ans Bett schnallen und mit Medikamenten vollpumpen. Sollten sie doch! Er würde sich mit aller Kraft wehren und den Durchgeknallten spielen. Immerhin hatte die Drohung eben bewirkt, dass der Pfleger versprach, mit Dr. Ostwendler zu sprechen.
Nun wartete Paul und die Zeit verstrich immer mehr. Es war die besonders kostbare Zeit in der Dämmerung, die er so liebte. Das Abendessen auf dem Tisch würde er wie so oft nicht anrühren, sondern sich aufs Bett legen und träumen. Seit ein paar wenigen Tagen war sein bestes Stück nicht mehr so betäubt. Es hatte sich gelohnt, dass er die Tabletten weg ließ und sie merkten es nicht einmal! Statt der bleiernen Müdigkeit fühlte er eine Unruhe in sich. Am liebsten wäre er den ganzen Tag nur im Zimmer umher getigert.
Dass Dr. Ostwendler höchstpersönlich in seinem Zimmer auftauchen würde, damit hatte Paul nicht gerechnet. Zufrieden verschränkte er die Arme und biss auf die Lippen. Nur keine Freude zeigen.
„Guten Abend, Herr Gschwender. Wie geht es Ihnen heute? Sie wollen mal wieder nichts essen? Das ist nicht gut, gar nicht gut! Und was höre ich da, Sie möchten unbedingt Ihre Mutter besuchen?“ Der Klinikchef stützte mit einem Arm seinen Kopf wie ein grübelnder Wissenschaftler kurz vor der Erleuchtung.
„Ich bitte darum. Sehen Sie, ich habe doch sonst niemanden und sie kann mich nicht besuchen. Ich werde alles tun, was Sie von mir verlangen“, sagte er und lachte in sich hinein.
„Sie müssen einen Antrag stellen und ich müsste Ihnen mindestens eine Begleitperson mitgeben. Das ist ein teurer und aufwändiger Prozess. Aber in einer Notfallsituation steht es Ihnen tatsächlich zu, Familienangehörige zu besuchen. Aber nur, weil Sie in letzter Zeit so gute

Fortschritte gemacht haben und aktiv mit den Psychologen arbeiten. Glauben Sie aber ja nicht, dass das für Sie ein toller Ausflug wird. Sie sind jede Minute unter Beobachtung, sogar wenn Sie aufs Klo gehen. Haben Sie mich verstanden?" Dr. Ostwendler sah Paul an wie ein strenger Vater seinen allzu missratenen Sohn.
„Aber das ist alles selbstverständlich, Herr Doktor. Ich werde mich an alle Vorschriften halten." Paul lächelte ein wenig und nickte eifrig.
„Nun gut. Ich will sehen, was sich machen lässt und Sie kurzfristig fahren lassen. Ohne Anmeldung, verstanden? Sie halten sich einfach zur Verfügung. Hinfahren, 20 Minuten Besuchszeit und Heimfahren. Aus! Amen!" Dr. Ostwendler spreizte Zeige- und Mittelfinger und deutete von seinem Augenpaar auf das von Paul.
„Ganz wie Sie meinen!", sagte Paul. „Ich freue mich und halte mich bereit!"
„Gute Nacht, Herr Gschwender!"
„Gute Nacht Herr Dr. Ostwendler. Und nochmals vielen Dank!"
Die Tür fiel zu, der Schlüssel drehte sich im Schloss und Paul warf sich aufs Bett. Er hätte laut schreien können vor Glück. Es schien tatsächlich zu klappen. Jetzt würde er bis ins Detail planen müssen, damit alles so geschah, wie er es sich wünschte. Doch zuvor würde er sich entspannen. Er griff sich in den Schritt und stöhnte leise auf. „Johanna, es dauert nicht mehr lange. Ich bin dir schon ganz nah. Kannst du mich spüren?", flüsterte er. Dann schwieg er bis zum Höhepunkt. Und mit ihr würde es noch viel, viel schöner werden!

Am selben Abend, einige Stunden später, saß Christian Aigner in seiner Stammkneipe in Passau und zündete sich eine neue Zigarette an. Schon öfter war er zu den Nebenräumen gegangen, doch die lagen so verlassen da wie ein Freibad im Winter. Was war nur los? Er beschloss, den Barmann zu fragen. Heute stand Fred hinter dem Tresen, mit dem konnte man reden. Aigner packte sein Bierglas und stand auf.
Fred nickte ihm zu, während er einige Gläser mit Bier abfüllte. Christian Aigner war es recht, er wollte nicht mit der Tür ins Haus fallen. Er zog an seiner Zigarette und grübelte darüber nach, ob die Herren von der Kriminalpolizei ihn noch einmal befragen würden. Es machte ihn nervös. Sie stellten so komische Fragen, bei denen er nie so recht wusste, was sie eigentlich wollten. Besonders der Ältere schien ein ausgekochter Fuchs zu sein. Vor dem würde er sich in Acht nehmen müssen. Auf keinen Fall durften die heraus kriegen, wie hoch er verschuldet war. Dann würden sie ihn in die Mangel nehmen.
„Ist Pepe da?", fragte Aigner dann doch, als sich Fred mal wieder ihm zuwandte.
„Er müsste im Büro sein. Wieso, was willst du vom Chef?", fragte Fred.
„Nichts besonderes, wollte nur fragen, warum kein Fernseher läuft."
Fred sah ihn an und dann etwas nach links und rechts, bevor er deutlich leiser antwortete. „Momentan gibt es keinen Fußball. Verstehst du? Keine Wetten. Zu heiß die Lage, die Polizei schnüffelt hier rum."
Christian Aigner zog an seiner Zigarette, als wolle er sie einsaugen. „Wie lange?"
Fred hob die Hände und verzog den Mund. „Keine Ahnung. Bis es sich beruhigt hat. Vielleicht in ein paar Tagen, vielleicht länger. Du musst sehen. Aber halt den Mund, umso schneller geht es. – Außerdem hast du eh noch Schulden bei Pepe. Glaub nicht, dass er dich wetten lässt, bis du bezahlt hast."
Aigner drückte die Kippe in einen Aschenbecher und stieß den Rauch aus. „Er kriegt sein Geld! Ich hab Geld!"
Fred grinste. „Ach ja, woher denn?"
„Geht dich nichts an!" brummte Aigner und trank sein Bier aus.

Drei Tage und Nächte grübelte Paul Gschwender, lief dabei wie ein Tiger im viel zu engen Käfig in seinem Zimmer auf und ab. Er war freundlich zu den Pflegern und Psychologen wie noch nie und jede Sekunde lauerte er, ob nicht Dr. Ostwendler auftauchte und ihm die erhoffte Meldung machte, dass er zu seiner Mutter aufbrechen konnte. Als es schließlich soweit war, saß er gerade beim Essen. Keinen Bissen brachte er anschließend mehr hinunter, obwohl der Klinikchef ihn anwies, noch zu essen, da es erst in einer Stunde losgehen würde. Und diese Stunde schien Minuten zu beinhalten, die sich in die Länge zogen wie Jahre. Doch dann standen plötzlich ein Pfleger, Dr. Ostwendler und ein Mann in seinem Zimmer. Der Fremde sah aus wie ein Bodyguard von einem Boxchampion. Paul ahnte, dass es schwierig werden könnte, ihn zu überwältigen.

„Diese Weste hier müsste ich Ihnen eigentlich anlegen, Herr Gschwender“, sagte Dr. Ostwendler und hielt ein weißes Etwas in die Höhe, an dem viele Schnüre und Schnallen hingen. „Allerdings waren Sie immer sehr kooperativ, so dass ich zunächst darauf verzichten möchte. Ihr Begleiter Herr Vogel wird sie Ihnen mit Gewalt anlegen, wenn Sie sich auch nur einen Hauch falsch benehmen. Haben wir uns verstanden?“

„Sehr wohl!“, nickte Paul. „Vielen Dank für Ihr Vertrauen, ich werde es nicht enttäuschen!“ Er lachte in sich hinein. *Lüge, Lüge!*

„Das will ich hoffen! Herr Vogel verfügt noch über andere Fähigkeiten, um Sie zu Ihrem eigenen Schutz zur Ruhe zu bringen. Am besten, Sie probieren nicht aus, welche dies sind!“

„Sie müssen mir nicht drohen. Ich will nur meine Mutter sehen!“

Dr. Ostwendler nickte. „Nun dann, gute Fahrt und bis bald!“

Paul Gschwender sprach kein Wort, als er durch die Fluren lief, immer wieder wartete, bis Türen auf- und wieder zugesperrt wurden. Er konzentrierte sich, wartete auf den einen Moment. Es würde schwer werden, aber er würde es schaffen.

Als er im Auto saß und sich angurtete, sah er, dass Herr Vogel eine Waffe mit sich führte. Und Paul war sich sicher, dass dieser Bär auch davon Gebrauch machen würde. Es war ihm egal. Er würde lieber sterben, als wieder in die Klinik zurück zu gehen.

„Wieso packst du nicht noch dein Seidennachthemd mit ein?", fragte Florian und hätte sich im selben Moment ohrfeigen können, für diese dämliche Aussage.
Johanna sagte zuerst nichts, hob aber nach einigen Sekunden den Kopf, angelte einen Pulli aus dem Schrank und sah ihn dann herausfordernd an. „Ich trage normalerweise nichts beim Sex. Das müsstest du doch wissen!", giftete sie und packte scheinbar gelassen weiter. Dann sah sie ihn wieder an. „Das wolltest du doch hören, oder?"
Wortlos drehte sich Florian um und verließ das Schlafzimmer, in dem Johanna gerade ihren Koffer für die zweitätige Dienstreise packte. Mit viel zu viel Schwung warf sie den Pulli auf die anderen Sachen, als ob er was dafür konnte, dass die Stimmung zwischen ihr und Florian äußerst gereizt war. Doch noch etwas beschäftigte Johanna. Diese unterschwellige Übelkeit nervte sie seit Tagen. Genauer gesagt, seit sie dieses scharfe Gulasch in der Kantine gegessen hatte. Hoffentlich ging das bald vorbei. Eine Magen-Darm-Grippe konnte sie auf einer Dienstreise absolut nicht gebrauchen.
Florian hantierte derweil in der Küche mit dem benutzten Geschirr. Er hätte in diesem Moment wirklich heulen können. Anstatt Johanna in den Arm zu nehmen, überwarf er sie mit dummen Bemerkungen. Sie sah so blass und zerbrechlich aus. Ob es ihr gut ging? Er musste endlich mit ihr sprechen, aber gleichzeitig wusste er, dass heute kein geeigneter Augenblick mehr sein würde. Als er die Teller in die Spülmaschine reihte, nahm er sich vor, sie bei ihrer Rückkehr zu überraschen. Er würde rote Rosen kaufen, sie in den Arm nehmen und ihr sagen, wie sehr er sie vermisst hatte. Und dann würde er die alles entscheidende, die Frage aller Fragen stellen und sie einladen, sich am nächsten Wochenende einen Verlobungsring auszusuchen. Genau! Er lächelte bei der Vorstellung und ahnte nicht, dass es zu spät sein könnte.

„Hören Sie, ich muss dringend auf die Toilette!“, sagte Paul.
Herr Vogel lächelte wie ein Lehrer, dem ein Schüler mitteilte, dass ihm das Heft, in dem die Hausaufgaben standen, gestohlen worden war.
„Sie können in der Klinik aufs Klo!“, antwortete er und wandte seinen Blick nicht von der Straße.
„Gut, dann kack ich Ihnen eben ins Auto!“, meinte Paul und blieb gelassen wie ein Zen-Therapeut. Dabei pupste er lautstark und quälte dadurch Sekunden später Vogels Geruchsnerven.
„Also gut, ich halte bei einem Gasthof. Aber glauben Sie ja nicht, dass Sie alleine auf der Schüssel sitzen!“
„Ist in Ordnung!“, log Paul. Sein Körper war angespannt wie die Sehne eines Bogens, kurz bevor der Pfeil abgeschossen wurde.
Wenige Minuten später hielt Vogel den Wagen vor einem herunter gekommenen Gasthaus. Sie gingen dicht an dicht durch den leeren Flur, vorbei an der Tür zum Gastraum. Die Herrentoilette lag stockdunkel da und es stank, als hätte eine ganze Mannschaft Durchfallkranker hier hinterlassen, was die Gedärme belastete.
„Boh!“, stieß Vogel aus. „Beeilen Sie sich!“
Paul setzte sich auf eine Toilette. Herr Vogel baute sich breitbeinig direkt vor ihm auf und stützte sich mit einer Hand an der Toilettenwand ab. Der Halfter unterhalb der Schulter war zu sehen. Und er war nicht verschlossen!
Paul presste ein paar Pupse heraus.
„Boh!“, stöhnte Vogel wieder und hielt sich mit der anderen Hand die Nase zu.
Das war der Moment. Jene Sekunde, auf die Paul jahrelang gewartet hatte. Es war eine Bewegung und sie setzte Kräfte frei, die Paul nie von sich erwartet hätte und die alles vernichten konnten. Blitzschnell fuhr Paul hoch, packte die Waffe, zerrte sie heraus und noch während Vogel ihn erstaunt anstarrte, richtete Paul schon die Waffe auf ihn. Noch bevor Vogel reagierte, Sekundenbruchteile vorher, drückte Paul ab, traf mitten in den rechten Oberschenkel. Drückte erneut ab, nur wenige Zentimeter von den Hoden entfernt, drang die zweite Kugel in den Oberschenkel. Vogel krümmte sich, wollte schreien, aber der Schmerz raubte ihm den Atem. Er sackte nach vorne und Paul fing

ihn auf und drückte ihn zur Seite. Neben der Toilettenschüssel sank er zu Boden wie ein Sandsack und Paul zog eilends seine Hosen hoch. Er trat gegen Vogels Beine und bahnte sich den Weg aus der Toilette. Stolperte, hangelte sich vorwärts und versteckte die Waffe in seiner Jacke. Er bemühte sich, nicht über den Flur zu rennen, doch es begegnete ihm ohnehin niemand. Draußen schloss er den Wagen kurz. Es dauerte nur wenige Sekunden, darin kannte er sich schließlich aus. Seine Hände zitterten, als er den Wagen vom Parkplatz lenkte. Er gab Gas. Er war frei! Es war leichter gegangen, wesentlich leichter, als er zu hoffen gewagt hatte und sein Weg zu Johanna war frei. Er würde weiter handeln, wie er es sich schon tagelang ausgedacht hatte. Es war ein guter Plan!
Paul raste über die Landstraße, drosselte bald die Geschwindigkeit. Bloß nicht auffallen! Dann fing er an, ein Lied zu summen. Sein Lebensglück würde sich noch heute erfüllen!

„Helfen Sie mir noch, ein Geschenk für meine Schwester zu finden?“, fragte Leon Neumeier und zog Johanna sanft am Oberarm zu sich heran. Sie waren gerade aus dem U- und S-Bahnschacht heraus getreten und standen vor dem festlich beleuchteten Münchner Christkindl-Markt. Johanna hielt kurz den Atem an und wusste nicht, was sie mehr erstaunte: Seine fast zärtliche Geste oder der Anblick des Münchner Marienplatzes. So vertraut lag er vor ihr, über und über mit Lichtern geschmückt. Menschen eilten an ihnen vorbei, die meisten von ihnen aber doch einen Schritt langsamer, um einen Blick in jede der Buden zu werfen. Es roch nach gebrannten Mandeln, nach Bratwurst und Glühwein und man schien die friedliche Stimmung greifen zu können. Johanna starrte auf den riesigen Christbaum, der majestätisch über dem Markt thronte und, sie hatte es gelesen, in diesem Jahr von der Gemeinde Garmisch-Partenkirchen spendiert worden war.
„Wissen Sie schon, was Sie suchen?“, hörte sich Johanna wie durch Watte hindurch fragen. Sie war etwas müde von dem langen Gespräch in der PR-Agentur und sie hatte Hunger, obwohl ihre Übelkeit immer noch da war.
„Es soll nur eine kleine Ergänzung sein. Sie trinkt gerne Tee.“
„Da kenne ich einen Stand, der eine schöne Auswahl hochwertiger Tees hat. Folgen Sie mir“, bat Johanna und Leon Neumeier folgte ihr, obwohl es die Masse der Menschen gar nicht so leicht machte, einander nicht zu verlieren. Plötzlich blieb Johanna stehen und zeigte auf einen Stand. „Der ist es!“
„Prima!“, sagte er und sah nicht den Stand, sondern sie an. „Haben Sie auch Hunger? Wohin darf ich Sie ausführen? Ich kenne ein uriges bayerisches Lokal, das wird Ihnen gefallen.“
„Gerne“, sagte Johanna wie ein artiges Schulmädchen und schluckte. Ihre Übelkeit hatte sich in den letzten Minuten verschlimmert und gleichzeitig knurrte ihr Magen.
Eine halbe Stunde später saßen die beiden an einem mit Kerzen und Adventsgesteck geschmückten kleinen Tisch im Hackerhaus.
„Na, wie gefällt es Ihnen?“, fragte Leon Neumeier gespannt und lächelte.
„Ich kenne es bereits, wir hatten hier mal eine Weihnachtsfeier. Es macht immer Spaß, die Reaktionen der Touristen zu beobachten“, meinte Johanna und blickte auf die vielen, teils antiken Utensilien an

den Wänden. Dann faltete sie die Speisenkarte auseinander.
„Wie lange haben Sie in München gelebt?", wollte er wissen.
Schweinebraten? Oder lieber gebratene Milzwurst? Johannas Magen schlug scheinbar einen Purzelbaum. Vielleicht der Salat mit Putenstreifen.
„Äh, ja, also mit dem Studium waren es vierzehn Jahre", antwortete Johanna schließlich. „Eine lange Zeit!"
„In der Tat! Wenn man bedenkt, dass Sie in Ihrer eigentlichen Heimat sicher vermisst wurden", meinte er.
„Oh, ich war trotzdem viel zu Hause. Das war mir auch wichtig!"
„Schade, dass wir uns nicht früher begegnet sind", sagte er und sah Johanna an. Sie lächelte und war froh, dass die Bedienung kam und die Bestellung aufnehmen wollte. Als diese wieder weg war, fühlte Johanna plötzlich seine Hand auf der ihren. Er sah sie an und noch bevor er ein Wort sprach, ahnte, ja, wusste sie plötzlich, was kommen würde. Ihr Herz schien zu stolpern und ihr Mund war auf einmal so trocken, dass ihre Zunge am Gaumen klebte. Sie schluckte und sah ihn an.
„Liebe Johanna! Bitte erlaube mir, dich zu duzen", begann er. „Ich weiß, das kommt vielleicht ein wenig plötzlich und es mag ungewöhnlich ob meiner Position als Chef erscheinen. Aber ich habe mir diesen Schritt lange überlegt und bin zu dem Entschluss gekommen, dass ich einfach nicht anders kann." Leon Neumeier machte eine Pause, strich mit seinem Daumen über ihren Handrücken. Johanna bekam Gänsehaut am Nacken. An jener Stelle, die ihr signalisierte, dass es ihr gefiel. Sehr gut gefiel. Es verwirrte sie und nicht nur ihr Herzschlag schien aus dem Takt, sondern auch ihr Magen rebellierte. Sie war unfähig etwas zu sagen, es fühlte sich an, als wäre ein Schwamm in ihrem Mund aufgequollen.
Leon Neumeier legte ihr Schweigen wohl als Zustimmung aus.
„Es ist noch viel mehr!" Er war heiser vor Nervosität und schwieg plötzlich, als die Bedienung die Getränke brachte. „Johanna, ich empfinde noch so viel mehr!", stieß er nach dieser Zwangspause hervor. „Ich habe mich lange dagegen gewehrt, aber ich schaffe es nicht. Will es gar nicht schaffen." Sein Blick senkte sich, doch dann, als gäbe er sich einen Ruck, spürte sie, wie er ihre Hand drückte. „Johanna, ich habe mich in dich verliebt! Ich will, dass du es weißt und ich hoffe,

dass du vielleicht ähnlich empfindest. Es würde mich zum glücklichsten Mann auf der Welt machen. Eigentlich mag ich solche Superlative nicht, aber es ist das einzig Passende.“ Wieder machte er eine Pause. Er lächelte, doch der Ausdruck seiner Augen war verletzlich wie der eines Jünglings, der zum ersten Mal liebte. Johannas Puls raste und ihr war so übel, dass sie nur einen Wunsch hatte: möglichst schnell zur Toilette eilen. Doch vorher musste sie ihm antworten. Nur was? Dass es ihr schmeichelte, dass er ihr auch etwas bedeutete, dass ihre große Liebe nicht wusste, was er wollte und Leon sich vielleicht nur gedulden musste? Das hatte Leon nicht verdient.
„Ich … bin etwas überrascht!“, flüsterte sie. Johanna war erstaunt, dass man scheinbar ohne Spucke sprechen kann.
Leon lächelte. „Das wundert mich nicht. Es hat mich auch überrannt. Ich konnte und wollte mich letztlich nicht wehren. Auch wenn ich mich jetzt zum peinlichen Hampelmann mache, weiß ich, dass es richtig war, es auszusprechen. – Oh Gott, was habe ich getan? Du bist ja ganz blass!“
Sie zog die Hand unter der seinen hervor. „Mir ist schon vor Tagen etwas auf den Magen geschlagen. Es hat nichts mit Ihn… mit dir zu tun. Du entschuldigst mich bitte kurz?“ Johanna stand auf, nahm ihre Tasche und eilte an den Tischen entlang zur Treppe, die in den Keller zu den Toiletten führte. Sie schaffte es gerade noch in eine Kabine, schlug die Tür hinter sich zu und kniete vor der Schüssel nieder. Dann erbrach sie sich, würgte, hustete, zitterte.
Was passierte gerade mit ihr? Wie erbärmlich lief es nur augenblicklich in ihrem Leben? Florian machte keine Anstalten, um über eine gemeinsame Zukunft zu sprechen und ihr Chef hatte ihr seine Gefühle gestanden. Wie kam sie da bloß wieder raus! Und, wollte sie überhaupt raus? Sie würgte und fühlte eine neue Welle an Übelkeit über sich hinweg fegen. Da kam ihr ein anderer Gedanke. Einer, der plötzlich allen Raum einnahm. Nicht nur ihren Kopf und ihren Körper, sondern auch die Toilettenkabine mit einer Wucht erfüllte, dass es ihr schier den Atem nahm.
Wann hatte sie zuletzt ihre Tage gehabt?
Ein paar Sekunden später wusste sie, dass sie es nicht wusste. Sie, die immer akkurat Buch führte. War es möglich? Sie schlug sich mit der

Faust gegen die Stirn. Wann, wann, wann? hämmerte es in ihren grauen Zellen. Zu lange! Zu lange + Übelkeit = X hoch???
X hoch??? = SCHWANGER?!
Johanna stieß sich von der Schüssel ab, riss Toilettenpapier aus der Halterung und wischte sich den Mund ab. Wie betäubt öffnete sie die Tür, schlich zu den Waschbecken und wusch sich Hände und Gesicht und spülte ihren Mund aus. Schließlich sah sie sich im Spiegel an und sah eine Fremde. Die Fremde glotzte aus riesigen blauen Augen und sah aus wie eine frisch gekalkte Hauswand in Griechenland. Die Fremde hatte einen bitteren Geschmack im Mund und in der Gegend, in der Herz und Magen lagen, drückte ein Felsbrocken. Und die Fremde musste sofort in die Apotheke gehen und einen Schwangerschaftstest kaufen.
Johanna eilte nach oben und setzte sich nicht einmal mehr zu Leon an den Tisch. „Entschuldige mich bitte! Wir reden ein anderes Mal weiter. Bitte verzeih mir, aber ich muss dringend zur Apotheke!"
Leon Neumeier war viel zu überrascht, um etwas zu erwidern, als sie ihren Mantel packte und hineinschlüpfte. Doch er sah ihr bleiches Gesicht und nickte besorgt. „Kann ich irgendwie helfen?", fragte er.
„Ich glaube nicht! Tut mir leid!", antwortete Johanna und eilte aus dem Lokal. Ein paar Häuser weiter erwarb sie in der Apotheke einen Schwangerschaftstest. Sie trug die Tasche, in der er lag, als transportiere sie ein Fläschchen hochexplosive Flüssigkeit. Dabei hastete sie durch die Menschenmenge, an Familienvätern mit riesigen Tüten vorbei, nur ein Ziel vor Augen, im Hotel möglichst schnell den Test zu machen. Er würde Gewissheit bringen. Und was, wenn sie schwanger wäre? In ihrer Magengrube kitzelte, kribbelte es und gleichzeitig flutete eine neue Welle an Übelkeit. Bloß nicht hier auf der Straße! Bitte! Johanna eilte um eine Straßenecke, wich einer Frau mit Kinderwagen aus. Sie sah den Mann noch auf sich zukommen und versuchte auszuweichen. Doch er beugte sich ihrer Bewegung entgegen und da stieß sie auch schon mit ihm zusammen. Ohne ihn anzusehen, murmelte sie eine Entschuldigung und wollte weiter gehen. Aber er ließ sie nicht los. Der Fremde hielt sie fest. Unangenehm fest. Jetzt erst sah sie in sein Gesicht und erstarrte. Sie stand an diesem frühen Dezemberabend auf dem Gehweg und glaubte, binnen Sekunden von

innen nach außen zu erfrieren. Der Fremde hielt sie indessen weiter in seinen Händen und an ihrem rechten Oberarm drückte sie etwas Hartes etwa im Durchmesser eines Eurostücks.
„Hallo Johanna!“, sagte Paul leise und so ruhig, als wäre es die normalste Sache der Welt, sich jetzt und hier zu treffen. Sein Gesicht war blass und er hatte ungewöhnliche Augenringe. Den Ausdruck in seinen Augen kannte Johanna nur zu gut, nur dass sein Blick jetzt noch entschlossener wirkte.
Johanna war nicht in der Lage zu sprechen. Ihre Knie zitterten und in diesem Schreckmoment war ihre Übelkeit wie weggeblasen.
„Komm mit mir, ich möchte mit dir sprechen!“, sagte er.
„Lass mich gehen Paul!“ War das ihre Stimme gewesen?
„Ich muss mit dir reden. Zwinge mich bitte nicht, dich zu zwingen. Wie du schon gemerkt hast, bin ich bewaffnet!“
Also doch, sie hatte es vermutet! Eine Waffe! Hatte sie eine Chance, hier rauszukommen? Jähe Panik flutete ihren Körper.
„Paul bitte!“
„Bitte sei still und komm mit und höre dir an, was ich zu sagen habe. Du musst es nicht bereuen. Ein paar Straße weiter steht mein Auto.“ Er packte sie ein wenig fester. „Mach bloß keine Mätzchen!“
Sie folgte ihm, auf Beinen, die nicht zu ihr gehörten. Obwohl ihre Gedanken durcheinander wirbelten, kam ihr keine rettende Idee. Es war, als wären alle Ausgänge für brauchbare Rettungsideen verklebt.
Da standen sie auch schon vor einem Fahrzeug und er drückte sie gegen die Beifahrertür, während er per Funksignal entriegelte.
„Gefällt dir mein Auto?“, fragte Paul in einer Ruhe, die Johanna zu fürchten gelehrt hatte. „Es stand einfach so vor einem Ärztehaus. Der Fahrer hatte es eilig, seine Alte ins Haus zu schaffen. Da habe ich mir den Fiesta mal kurz ausgeliehen. Steig ein, meine Liebe und fahr mit mir ins Glück!“ Er lächelte sie so beseelt an, dass ihre Panik weiter aufheizte. Er öffnete die Tür und drückte sie gleichzeitig auf den Sitz. Dabei zog er ihre Handtasche von der Schulter und öffnete sie. Ehe sich Johanna versah, wühlte er darin und zog Sekunden später ihr Handy heraus. Noch bevor sie begriff, was er vor hatte, warf er es auf den Boden und trat mit einem Fuß heftig darauf. Das Gehäuse barst und klirrte. Die Überreste dessen, was einmal ihr Handy gewesen war,

kehrte Paul mit einer lässigen Fußbewegung in den Rinnstein. Spätestens in diesem Moment ahnte Johanna, dass es diesmal noch schwerer, wenn nicht gar unmöglich sein würde, am Leben zu bleiben.

In etwa zur selben Zeit saßen Werner Kremmel, Florian Wallner und Gabi Leinert im Büro zusammen und diskutierten, wie sie weiter verfahren wollten. Vor zwei Stunden hatten sie die neuesten Erkenntnisse aus der Kriminaltechnik erhalten. Der Patronentyp aus Hirzers Schrank passte zu dem Jagdwaffentyp, mit dem Danvac erschossen worden war. Nun mussten sie die Waffe selbst finden und am besten auch Bekleidungsstücke wie auf dem Überwachungsvideo und idealerweise auch noch das erbeutete Geld.

„Auf jeden Fall sehen wir uns bei einer Probe der Theatergruppe um", meinte Kremmel. „Vielleicht finden wir dort wirklich den Mörder von Hirzer!"

Gabi Leinert klatschte in die Hände. „Hab' ich doch gleich gesagt, aber ihr wolltet mir ja nicht glauben. Vielleicht ist das auch der Mörder vom Markl."

Kremmel sah sie lächelnd an. „Na, so wie du geklungen hast, bist du sicher, dass es so ist. Wer weiß, vielleicht sitzt einer schon in Handschellen verpackt auf dem Stuhl und wartet nur auf uns!", neckte er. „Versuch mal heraus zu bekommen, wann wieder eine Probe stattfindet und zwar mit möglichst vielen Schauspielern."

„Wird gemacht!", sagte sie und wirbelte zur Tür.

Diese wurde gerade von Peter Hoffmann aufgerissen. Die Uniform des Polizisten war regennass. „Gut, dass ihr da seid! Es wird euch interessieren zu hören, dass Paul Gschwender aus der Buchwald-Klinik geflohen ist. Er befand sich auf einer bewachten Besuchsfahrt zu seiner Mutter, als ihm die Flucht gelang. Er hat den Sicherheitsmann angeschossen. Mittlerweile ist eine Fahndung eingeleitet. Das Fluchtauto hat man gefunden, etwa 50 Kilometer von dem Gasthof entfernt, bei dem er den Bewacher niederschoss. Wo er sich jetzt aufhält, ist ungewiss!"

Peter holte Luft und sah von Kremmel zu Florian. Dieser saß da, als habe man ihn eben mit Beton übergossen.

„Du musst Johanna benachrichtigen!" Gabi war die erste, die nach dieser Schreckensnachricht wieder sprechen konnte. Dann eilte sie weiter in ihr Büro, um zu telefonieren.

„Sie hat doch ein Handy?", meinte Kremmel, als sich Florian immer noch nicht rührte.

„Sie hat … sie ist", stammelte Florian. Sein Kopf war wie leer gefegt.

Da war nur ein Gedanke: sofort aufspringen und zu ihr fahren! „Sie ist beruflich in München“, hörte er sich selbst sagen.
„Na, dann rufe sie sofort an. Sicher ist sicher!“, sagte Kremmel.
„Ich muss weiter!“, rief Peter. „Wenn es was Neues gibt, informiere ich euch.“
Mit zitternden Fingern wählte Florian die Nummer von Johannas Handy. Eine blecherne Stimme teilte ihm mit, dass „der Teilnehmer nicht erreichbar“ sei. Lauter als nötig, legte er den Hörer auf.
„Probiere es nachher einfach noch einmal“, versuchte Kremmel zu beruhigen. Es entging ihm nicht, wie besorgt sein junger Kollege war und wenn er ehrlich war, missfiel auch ihm der Gedanke, dass Paul Gschwender sich frei bewegte. Und nicht nur das, er war vermutlich immer noch bewaffnet und damit hoch gefährlich! Aber diese Vermutung verschwieg er. „Kannst du nicht auf die Mailbox sprechen?“, fragte er stattdessen.
Florian schüttelte den Kopf. „Es gab keine Möglichkeit!“
„Komisch, dann muss sie es ganz ausgeschaltet haben“, meinte Kremmel und zuckte im selben Moment zusammen.
Gabi eilte herein und strahlte beide an. „Gute Nachrichten! Der Durchsuchungsbeschluss ist vom Richter genehmigt worden und in zwei Stunden findet eine Vollprobe zu ‚Stille Nacht‘ statt!“
Kremmel pfiff durch die Zähne. „Dann an die Arbeit! Florian und Gabi, ihr organisiert euch einen Trupp zur Hausdurchsuchung bei Hirzer. Ich komme zunächst mit und fahre dann zu dieser Theaterprobe. Wäre doch gelacht, wenn wir heute Nacht nicht noch einen Schritt weiter kommen!“
Florian nickte mechanisch. Es war ihm so egal. Er wollte jetzt nur bei Johanna sein und schützend seine Arme um sie legen. Aber vielleicht war es auch übertrieben. Es war bestimmt sogar gut, dass sie so weit weg in München weilte, da konnte dieser Idiot sie bestimmt nicht finden! Jetzt würde Florian sich erst mal um den aktuellen Fall kümmern. Dienst war schließlich Dienst und er musste einen kühlen Kopf behalten. Hätte er geahnt, dass Johanna schon gar nicht mehr in München war, sondern in einem gestohlenen Fiesta saß, der über eine Landstraße bei Freising fuhr, es hätte ihn zerrissen vor Sorge. So aber machte er sich auf den Weg zur Hausdurchsuchung.

Das eingespielte Team fand innerhalb kürzester Zeit die gesuchte Jagdwaffe. Sie lag in einem anderen Schrank, einer Art Truhe, im selben Kellerraum und war in die Strumpfmaske gewickelt und diese wiederum in den Steppanorak, den Max Hirzer vermutlich bei seinem Überfall auf die Bank getragen hatte. Die Kriminaltechniker fanden noch in derselben Nacht heraus, dass die Hautschuppen, die man am Boden in der Bank gefunden hatte und die sich auch auf dem Kragen des Anoraks befanden, identisch waren. Ebenso stellten sie am rechten Ärmel des Anoraks Schmauchspuren fest. Gleichfalls fand man die Schuhe, deren Abdrücke zu jenen passten, die auch in der Bank sichergestellt worden waren.
Nach einem größeren Geldbetrag suchte das Team vergeblich, dafür fanden sich unzählige Belege von Fußballwetten und Kontoauszüge, die durch tiefe Sollbeträge bestätigten, dass die Wetten nur selten erfolgreich waren.
Tanja Hirzer saß während der Hausdurchsuchung wie erstarrt in einem Sessel im Wohnzimmer und sprach kein Wort.
Als Florian mit einem Ordner voller Kontoauszüge auf sie zukam und sie ansprach, dauerte es, bevor sie antwortete.
„Frau Hirzer, Sie wussten sicher von den Schulden. Können Sie mir genau sagen, wie es dazu kam?“
Sie nickte, sagte aber nichts.
„Ihr Mann hat massiv gewettet, habe ich recht?“
Erneut nickte sie nur und starrte zu Boden.
„Seit wann wussten Sie es?“
Sie biss auf die Lippen und es sah so aus als sauge sie daran, um nicht sofort los zu weinen. „Das … ging seit etwa einem Jahr so“, stieß sie schließlich hervor.
„Und von der Jagdwaffe wussten Sie wirklich nichts?“, fragte Florian.
Erneut und viel heftiger schüttelte sie den Kopf. „Ich sagte doch bereits, dieses unselige Jagdzeug ging mich nichts an, es widerte mich an!“
„Frau Hirzer“, begann Florian mit fester Stimme, „wir haben den dringenden Verdacht, dass Ihr Mann den Überfall auf die Filiale der Raiffeisenbank verübt hat. Dabei wurde ein Mann erschossen!
Hat Ihr Mann Ihnen irgendwas erzählt? Oder hatte er plötzlich mehr Geld?“

Tanja Hirzer fuhr sich mit beiden Händen durchs Haar. „Nein, absolut nichts von allem. Er war schweigsamer als sonst, aber das war er schon, seit …“ Sie hielt inne und biss wieder auf die Lippen.
„Seit wann?“, bohrte Florian.
„Seit er wusste, dass ich schwanger bin!“, presste sie heraus.
„Hat er sich nicht über das Kind gefreut?“, wunderte sich Florian.
„Es war nicht von ihm“, hauchte sie.
„Sondern?“
„Das geht Sie gar nichts an!“, fauchte Tanja Hirzer.
Florian zog die Augenbrauen in die Höhe. „Im Moment wohl nicht“, schränkte er ein. „Ihre Ehe war also nicht gerade glücklich.“
„Welche Ehe ist schon glücklich!“, stieß sie hervor und fing an zu weinen.
Betroffen wandte sich Florian ab. Kremmel und er hatten sich also nicht getäuscht, dass sich unter dem Bademantel ein Babybauch versteckt gehabt hatte. Als er den Ordner mit den Kontoauszügen in eine Kiste legte, die später zur weiteren Beweissicherung abtransportiert wurde, kam ihm plötzlich ein Gedanke. Er ging hinaus zu seinem Dienstauto und griff in seine Manteltasche nach dem Notizbuch, das ihm Frau Groß-Markl überreicht hatte. Mit ungeduldigen Griffen suchte er unter H und unter T nach einem Eintrag, doch unter den Aufzeichnungen war keine Tanja Hirzer zu finden. Enttäuscht steckte er das Büchlein wieder ein. Wäre ja auch zu einfach gewesen, hier und jetzt in Frau Hirzer die Mörderin von Sebastian Markl gefunden zu haben.

„Ich muss auf die Toilette!", sagte Johanna.
Paul lächelte und dachte daran, dass er denselben Ausspruch vor wenigen Stunden gemacht hatte. Nein, er würde sich nicht von Johanna übers Ohr hauen lassen. Nicht nach alle dem, was er erlebt hatte. Es war schwer genug gewesen, an Johanna heran zu kommen und er konnte sein Glück immer noch nicht fassen, dass sie tatsächlich hier neben ihm saß. Zunächst hatte es danach ausgesehen, dass er sie nicht erreichen würde. Sein Anruf beim Brandner Hof ergab nichts. Die alte Brandnerin verstand ihn kaum, weil er mit verstellter Stimme wohl eine Tonlage getroffen hatte, die die Seniorin nicht mehr erfassen konnte. Er erfuhr dann aber, dass sie beruflich unterwegs war. Da hatte er sofort an den Neumeier gedacht und sich dort telefonisch als ihr Neffe ausgegeben, der eine wichtige familiäre Nachricht überbringen musste. Und tatsächlich landete er einen Volltreffer! Die Sekretärin war sehr hilfsbereit gewesen und hatte ihm schließlich sogar das Hotel in München genannt.
Paul lächelte noch breiter bei der Erinnerung an das Telefonat. Dann hatte er den Fiesta gestohlen und war wie ein Wilder nach München geeilt.
„Bitte, dann halte irgendwo an, sonst spucke ich dir das Auto voll!" Johanna würgte.
„Nur zu, es ist nicht mein Auto!", sagte Paul und sah sie herausfordernd an. Doch dann dachte er daran, wie eklig es im Wagen stinken würde, falls sie nicht bluffte und sich erbrechen musste. „Da vorne ist ein Dorf. Dort gibt es bestimmt ein Gasthaus. Aber glaube ja nicht, dass du alleine ins Damenklo gehst!"
Sie hätte gerne etwas erwidert, fürchtete aber, dass es sie noch mehr würgte und schwieg. Vor etwa einer Viertelstunde hatten sie Landshut hinter sich gelassen und Johanna hatte keine Ahnung, wohin die Fahrt eigentlich ging, denn Paul hatte auf ihre Frage nicht geantwortet.
Ziemlich schwungvoll hielt Paul auf dem Parkplatz vor dem Gasthaus. Demonstrativ nahm er die Waffe aus der Mittelkonsole und steckte sie unter seine Jacke. „Warte, bis ich bei deiner Türe bin!", befahl er und stieg aus.
Johanna kämpfte mit den Tränen. An eine mögliche Flucht hatte sie die ganze Zeit immer wieder gedacht und gehofft, dass ihr der er-

lösende Gedanke im nächsten Augenblick einfallen würde. Aber es fühlte sich an, als wäre ihr Kopf voller Watte und ihre Arme und Beine wie gelähmt. So stieg sie jetzt ungelenk aus und ging stolpernd neben Paul her. Die Toiletten befanden sich im Kellergeschoss und auch in diesem Gasthaus musste man durch keinen Gastraum hindurch gehen. So kamen sie bei der Damentoilette an, ohne dass ihnen jemand begegnet war. Paul folgte ihr wie ein Schatten. Vor einer Kabinentür blieb Johanna stehen. „Hier hinein gehe ich allein!“, sagte sie mit scharfem Ton und hätte nie gedacht, dass Paul tatsächlich stehen blieb und nickte.
Er hatte gesehen, dass es kein Fenster gab, durch das sie hätte fliehen können.
Lauter als nötig schloss Johanna die Tür und hielt erst einmal die Luft an. Es roch aufdringlich nach irgendeinem Dufterfrischer. Sie öffnete sofort ihre Handtasche und holte den Schwangerschaftstest heraus und entwickelte die Klarsichtfolie. Sie musste nicht lange nachlesen, sie kannte die Funktion; vor einem halben Jahr hatte sie einen Test des gleichen Herstellers verwendet. Damals waren ihre Tage ausgeblieben, doch der Test bestätigte ein „nicht schwanger“ und zwei Tage später hatte die Blutung eingesetzt. Dennoch zitterte sie am ganzen Körper, als sie ihren Slip hinunter zog und sich so positionierte, damit der Urinstrahl den markierten Bereich am Stäbchen treffen konnte. Jetzt würde sie zwei Minuten warten müssen! Sie legte den Test auf einen Kosmetikeimer und zog sich wieder an.
„Dauert das noch lange?“, fragte Paul und klopfte an die Türe.
Johanna antwortete nicht, sondern fing an zu husten und tat so, als ob es sie würgte. Dabei musste sie sich beherrschen, dass dies nicht tatsächlich eintrat. Schließlich spülte sie und sah auf die Uhr. Noch eine Minute! Sie hustete wieder und starrte gebannt auf das Teststäbchen. Färbte sich da etwa der Kontrollstrich? Und was war mit dem Feld, das eine Schwangerschaft anzeigte? Zeigte sich da etwa ein rosa Strich? Warten! Sie sah wieder auf die Uhr.
„Hörst du nicht, antworte!“, rief Paul. Ein Faustschlag traf die Toilettentüre. Johanna zuckte zusammen. Sah auf die Uhr. Hustete, würgte und spülte erneut. Die Zeit war um! Sie schloss die Augen und tastete dorthin, wo das Teststäbchen lag. Was für ein Moment!

Wäre sie nur zu Hause im vertrauten Bad und Florian wartete draußen und nicht Paul mit einer Waffe in der Jacke!
Immer noch mit geschlossenen Augen strich Johanna über das Stäbchen. Was würde es anzeigen? Was wünschte sie sich eigentlich? Sie wusste beides nicht. Langsam öffnete sie die Augen. Gleich würde sie es wissen, ob sie …
SCHWANGER!
Ganz deutlich. Deutlicher ging es nicht. Rosa Strich im Kästchen, das eine mögliche Schwangerschaft anzeigte. Und rosa Strich im Kontrollfeld. Alles richtig gemacht. Keine Zweifel.
Keine?!
Sie lehnte sich an die Kabinenwand und presste die Hand gegen den Mund, um nicht laut zu schreien. Sie atmete tief durch die Nase ein und wieder aus. Sie war schwanger! Florian und sie würden Eltern werden! Ihr Herz klopfte, dass sie glaubte, es übertrug sich auf die dünne Wand aus Kunststoff. Alles drehte sich um sie und sie schloss erschöpft die Augen. Was für ein Tag! Sie erwartete ein Baby und konnte es Florian, der von ihr vielleicht gar nichts mehr wissen wollte, nicht sagen. Dabei befand sie sich als eine Art Geisel in der Gewalt eines Mörders auf der Flucht. Und ihr Chef saß jetzt vielleicht immer noch im Hackerhaus und dachte bestimmt, er hätte mit seinem Geständnis eine Kurzschlussreaktion bei ihr ausgelöst! So hatte sie sich den Tag, an dem sie ihre erste Schwangerschaft feststellte, nicht in ihren schlimmsten Albträumen vorgestellt.
„Muss ich die Türe eintreten?" Und dann plötzlich leiser, fast besorgt: „Johanna, geht es dir gut? Ich will, dass es dir gut geht!"
„Danke, mir geht es gut!", sagte Johanna, heiser vor Aufregung. Sie steckte das Teststäbchen in die Handtasche, warf die Verpackung in den Mülleimer und schloss die Türe auf.
„Wir können gehen", sagte sie zu Paul.

Als sie wieder zum Auto gingen, überlegte Johanna, ob sie fliehen konnte. Würde Paul wirklich auf sie schießen? Sie wusste nur, dass sie jetzt Verantwortung für zwei Leben trug und nichts riskierte! Während sie ins Auto stieg, überfiel sie jäh jene Hoffnungslosigkeit, wie sie sie auch damals in der Jagdhütte gefühlt hatte. Doch heute war sie viel

zu weit von zu Hause entfernt, als dass sie auf Hilfe von Florian hoffen konnte. Tränen traten in ihre Augen und sie begann zu zittern. Sie wollte es beherrschen, doch je mehr sie sich bemühte, desto weniger gelang es ihr, die Tränen zurück zu halten.
„Was hast du?“, fragte Paul und legte die Waffe wieder zwischen ihnen in die Konsole.
Johanna zitterte so, dass ihre Zähne aufeinander schlugen. Es war ihr kaum möglich zu sprechen. „Das fragst du?“, stieß sie trotzdem aus. „Was willst du von mir?“
„Das fragst du?“, kam es prompt. Er fasste sie an der Schulter. „Du weißt es wirklich immer noch nicht? Ich habe die letzten zwei Jahre nur dafür gelebt, dich wieder zu sehen.“
„Was hast du vor?“, fragte Johanna.
Er wandte sich ab, umklammerte mit beiden Händen das Lenkrad und sah sich um.
„Nicht hier! Wir fahren weiter“, antwortete er.
Johanna stützte ihren Kopf ans Fenster. Die Scheibe war eiskalt und es kam ihr vor, als hätte der Tod bereits eine Hand nach ihr ausgestreckt.

Paul fuhr durch die Nacht. Johanna drückte eine Hand gegen ihren Bauch. Armes kleines Baby, was musst du bereits für Aufregung erleiden!, dachte sie. Tränen liefen über ihre Wangen und sie hörte nicht, dass sie leise wimmerte.
„Das ist ja nicht auszuhalten!“, rief Paul plötzlich. „Wieso heulst du so? Ist meine Anwesenheit so schrecklich?“
Erstaunt hob sie den Kopf und sah ihn an. Zu gerne hätte sie ihm gesagt, wie schrecklich sie es fand, hier sitzen zu müssen und dass er zu krank war, um das zu verstehen. Doch sie schwieg, weil sie befürchtete, dass er unberechenbar reagierte. „Ich habe Angst!“, sagte sie deshalb.
„Du musst vor mir keine Angst haben. Ich bin’s doch, Paul!“
Eben! Eben!, schrie es in Johanna.
„Wir kennen uns ewig. Du musst keine Angst haben“, wiederholte er.
„Was willst du von mir? Ich möchte nach Hause“, sagte Johanna und ihre Stimme klang auf einmal erstaunlich fest. Vielleicht konnte sie mit ihm verhandeln.

Sie fuhren durch ein kleines Industriegebiet. Paul antwortete immer noch nicht, sondern steuerte in einen verlassenen Parkplatz eines Baumarktes. Er hielt den Wagen an und zog den Schlüssel ab.
„Hier ist ein guter Ort“, sagte er ruhig, stieg aus und ehe Johanna begriff, was er tat, sah sie, dass er zum Wurf ausholte und den Autoschlüssel mit ganzer Kraft von sich warf. Paul hatte den Schlüssel ins Nichts geworfen! Panik flutete Johanna. Wieso tat er das? Das konnte nur bedeuten, dass er nicht mehr daran dachte, weiter zu fahren. Wieso?
„Paul, was soll das? Wir können nicht mehr weiter fahren!“, rief sie.
„Brauchen wir auch nicht!“, sagte er, als er sich wieder zu ihr ins Auto setzte. Er wandte sich ihr zu und strich ihr einige Haarsträhnen aus dem Gesicht. „Johanna, damals in der Jagdhütte, da bist du mir davon gelaufen. Das war nicht gut. Gar nicht gut. Du weißt, dass ich dich liebe. Und heute ist der Tag, an dem ich mit dir schlafen möchte. Du weißt gar nicht, wie oft ich mir das vorgestellt habe, wie du in meinen Armen liegst und sich unsere Körper ganz nah sind. Hab keine Angst, es wird alles ganz schön werden!“
Johanna bekam keine Luft. Sie wollte nicht mit Paul schlafen. Sie wollte weg. Sofort! Ihr Mund war trocken und es fühlte sich an, als hätte sie Scherben im Mund, als sie sprach: „Aber ich will nicht mit dir schlafen, Paul. Ich bin schwanger!“
Er zuckte zusammen, als hätte sie ihn geschlagen. Obwohl sie sein Gesicht nur schemenhaft erkennen konnte, sah sie, wie betroffen er war. Ob er sie nun gehen ließ? Sie fasste diesen Hoffnungsschimmer, hielt ihn fest. „Bitte lass mich gehen. Ich verrate dich nicht. Lass mich einfach laufen!“
Er packte sie so plötzlich, dass sie aufschrie.
„Dich gehen lassen? Nie! Wieso bist du schwanger? Wer war das? Dieser Polizei-Schnösel, habe ich recht? Er hat das nicht verdient! Er hat dich nicht verdient! Du gehörst zu mir!“ Da fing er an zu weinen. Weinte wie ein verzweifeltes Kind. Noch immer hielt er sie, doch sein Griff wurde weicher.
Johanna fühlte sich überrollt von einer Welle aus Mitleid. Da saß er neben ihr, der Nachbarsjunge, den sie als Mädchen so gemocht hatte, den sie wie einen kleinen Bruder verteidigt und mit sich genommen

hatte, ihn immer beschützte. Und nun? Welche böse Macht war in ihn gefahren, dass er der realen Welt so entglitten war? Sie wusste nicht was sie tat, als sie ihn plötzlich in die Arme nahm und zärtlich an ihre Schulter drückte. „Paul, was ist nur mit dir los? Ich bin es doch gar nicht wert, dass du solch verrückte Sachen machst!"
Kraftvoll drückte er sie von sich. „Du bist es nicht wert? Spinnst du! Du bist die Liebe meines Lebens. Für dich würde ich sterben. Und jetzt bist du schwanger, wo das Baby doch eigentlich von mir sein müsste. Aber glaube ja nicht, dass ich mich abbringen lasse. Wir werden hier und jetzt miteinander schlafen. Und dann bringe ich uns um! Es muss ein Ende haben. Hier und jetzt! Wenn ich dich nicht haben kann, dann soll dich keiner haben. Du gehörst zu mir!"
Er packte blitzschnell die Waffe und drückte sie ihr an die Brust. „Zieh dich aus! Los!"
Johanna stieß einen Schrei aus. „Paul, nimm die Waffe weg!" Es war mehr ein Reflex, als sie seine Hand fasste, mit der er die Waffe hielt.
„Lass das!", schrie er. „Du weißt, wozu ich fähig bin! Also glaub ja nicht, dass ich bluffe. Du ziehst dich jetzt aus. Das ist kein Spaß."
Wieder drückte er die Waffe gegen ihren Körper, diesmal auf Höhe ihres Bauches.
Es war diese Mischung aus Panik und der Gewissheit, dass er abdrücken würde, die sie seinen Arm packen ließ. Sie rammte mit aller Kraft ihre Fingernägel durch den Stoff der Jacke und fasste auch mit der zweiten Hand so kräftig zu, dass es ihr gelang, die Waffe von sich abzuwenden und auf ihn zu richten. „Nimm das weg!", schrie sie. „Sonst ziehe ich mich nie aus!"
Jetzt gelang es ihr, ihre Nägel in seine pure Haut zu krallen. Es war die Hand, in der er die Waffe hielt.
„Autsch!", schrie er auf und versuchte gleichzeitig, ihre Hand zu entfernen.
Da löste sich ein Schuss.
Es klang wie ein Donnerschlag. Einen, den der Allmächtige selbst gesandt hatte. Er schmerzte in Johannas Ohren, auch die Schreie, die folgten. Erstarrt vor Entsetzen blickte sie in Pauls Gesicht.
„Paul!", stöhnte sie und krümmte sich nach vorn. Sie versuchte in sich hinein zu horchen und konnte doch nichts spüren, weil der Donner-

schlag des Schusses immer noch in ihren Ohren hallte und ihr jedes Gefühl für den eigenen Körper zu rauben schien. Sie würde sterben, an diesem elenden Ort. Vor einem Baumarkt mitten in der Pampa und nicht in Florians Armen. Sie konnte ihm nicht mal mehr sagen, dass er Vater geworden wäre.
Da stöhnte Paul plötzlich, hustete. „Hanna, warum hast du … zum Teufel, warum hast du das gemacht? Wieso … hast du auf mich … geschossen?“, fragte er. Seine Stimme klang entstellt.
Sie erschrak vor dem, was sie hörte. Fühlte, wie er nach vorne sackte. Spürte, dass etwas Feuchtes ihre Hand benetzte. Sie zog ihre Hand unter seinem Körper hervor und starrte sie an, sah Sekunden später an sich herunter und begriff trotzdem nichts.
Paul richtete sich stöhnend auf und die Waffe, die er immer noch in der Hand hielt, tanzte gefährlich nahe vor ihrem Gesicht. Dann sah er an sich hinunter und erkannte, dass das Blut seine Jacke schon durchdrängt hatte.
Mit einem Aufschrei drückte sich Johanna in den Sitz und stemmte ihre Beine gegen den Boden. Sie hatte auf Paul geschossen! Sie hatte ihn im Bauchbereich getroffen! Jetzt war sie nicht besser als er!
„Nimm die Waffe weg! Ich hole Hilfe!“, schrie sie.
Da lachte er plötzlich und Johanna fühlte eine eisige Kälte in sich, die ihr den Atem nahm.
„Womit denn? Die Schlüssel sind weg. Ich will sterben. Mit dir sterben, jetzt erst recht!“ Dann richtete er die Waffe auf sie.
„Nicht!“, schrie Johanna. Sie zitterte, hechelte. Schloss die Augen und wartete. Gleich würde sie wieder diesen Donnerschlag hören. Es würde das Letzte sein, was sie auf dieser Welt zu hören bekam. Gleich war es vorbei. Leb wohl, Florian. Sie kniff die Augen zusammen – und hörte ihn stöhnen.
Da riss sie die Augen auf und sah, wie er sich erneut krümmte vor Schmerz, wie er nach vorne zusammensackte und seitlich auf das Lenkrad gestützt liegen blieb. Seltsam starr, die Augen geschlossen und leise wimmernd. Die Waffe fiel zu Boden. Blitzschnell griff sie danach und öffnete gleichzeitig die Wagentüre. Sie sprang hinaus und sah sich um. Wo verdammt noch mal waren die Autoschlüssel? Sie musste ihn in eine Klinik bringen. Sie konnte ihn nicht sterben lassen!

Wie ein Feldhase auf der Flucht, lief sie im Zickzack um das Auto herum und suchte den Schlüssel. Die dünne Schneedecke erleichterte ihre Mühen nicht. Immer wieder entdeckte sie einen dunklen Fleck und dachte, den Schlüssel gefunden zu haben. Aber jedes Mal war es nur ein Stein oder etwas anderes, was Menschen achtlos weggeworfen hatten. Hektisch sah sie sich um, aber kein Mensch weit und breit war zu sehen.

„Verflucht, wo ist der Schlüssel!“, stieß sie aus.

Sie wusste nicht, wie viel Zeit vergangen war, als sie zu weinen begann. Die Tränen verschleierten ihren Blick, machten das Suchen fast unmöglich. Wie still es war, die ganze Zeit schon gewesen war, seit sie hier suchte. Als sei sie auf einem anderen Planeten gelandet. Es roch nach Schnee und der Friede ringsum, die Stille der Nacht, schien wie zum Hohn gegen ihre Panik anzubrüllen.

Ein Weinkrampf schüttelte ihren Körper, sie hatte kaum noch Kraft, sich aufrecht zu halten. Da trat sie plötzlich auf etwas Hartes. Sie blinzelte, tastete den Boden ab. Der Schlüssel!

Sie schrie auf, packte ihn und lief zum Auto.

Paul lag noch so da und rührte sich nicht.

„Ich hab den Schlüssel!“, rief sie. „Ich bringe dich zum Arzt. Du musst auf die Rückbank. Bitte hilf mit. Bitte!“, flehte sie und zog an seinem leblosen Körper. „Paul, du wirst mir doch hier nicht sterben! Paul, bitte!“

Da richtete er sich leicht auf. Johanna warf die Waffe an ihm vorbei auf den Beifahrersitz und zog ihn zu sich heran. Zerrte, hob und drückte. Er half etwas mit, da stand er mit gebeugten Knien vor dem Wagen, das Gewicht auf sie gelagert. Mit letzter Kraft gelang es Johanna, den Sitz zu entriegeln und Paul wieder nach hinten Richtung Rückbank zu drücken. Er fiel plötzlich wie ein Sack Kartoffeln nach hinten und rutschte halb wieder von der Bank. Erneut zog und zerrte sie. Der Blutfleck auf seiner Jacke war auf ein beängstigend großes Maß gequollen. Er stöhnte und ließ alles widerstandslos mit sich geschehen.

„Es wird alles gut!“, sagte Johanna. Dann setzte sie sich auf den Fahrersitz und startete das Auto. Die Reifen quietschten, als sie losfuhr und den Parkplatz verließ. An der Ausfahrt zur Straße bremste sie abrupt ab. In welche Richtung sollte sie fahren? Wo, um alles in der Welt, befand sie sich überhaupt? Sie beugte ihren Kopf vor und lehnte ihn auf das Lenkrad. „Bitte lieber Gott, wenn du mich noch nicht vergessen hast, bitte gib mir ein Zeichen", flüsterte sie. Paul stöhnte. Da juckte Johanna plötzlich die rechte Handfläche. Das Zeichen? Egal, sie gab Gas und bog nach rechts ab.

Kurt Wieser fuhr sich mit beiden Händen durch die Haare und zog an einem Haarbüschel. Seit dieser Hauptkommissar Kremmel dort hinten saß und bei den Proben zu „Stille Nacht“ zusah, wollte überhaupt nichts mehr klappen. Die Schauspieler verhaspelten sich an den unmöglichsten Stellen oder verpassten den Einsatz! Wenn das so weiterging, konnte er von vorne anfangen. Man hatte ihn ja gewarnt, dass er als Regisseur einer Laiengruppe nicht viel Freude haben und ihn das Ehrenamt einige Nerven kosten würde. Nichts von alle dem war bislang eingetroffen. Nur heute Abend, da dieser Kauz von Schnüffler hier wer weiß was suchte, klappte gar nichts.
„Ruhe jetzt! Wir fangen noch mal von vorne an und zwar mit der Szene nach der großen Pause! Gerd, verpass diesmal nicht wieder deinen Einsatz!“, rief Wieser.
Gerd Dampfinger zuckte zusammen. Nur ein einziges Mal hatte er, im Gegensatz zu den anderen, den Einsatz verpasst und an ihm nörgelte Wieser rum. Das war typisch für Wieser. Er zeigte zu deutlich, dass er ihn nicht in der Hauptrolle sehen wollte.
Werner Kremmel atmete tief durch. Er hatte, wenn er ehrlich war, für Theater nicht viel übrig, für Laientheater schon gar nicht. Es war offensichtlich, dass einige Schauspieler nicht talentiert waren. Gerd Dampfinger zum Beispiel sprach viel zu hölzern und diese Claudia Kainzinger stotterte ihren Text an den unmöglichsten Stellen hinein. Kremmel fand die äußerst attraktive Blondine als verstoßene, einfache Magd ohnehin fehlbesetzt. Er angelte sein Handy aus der Jackentasche hervor und prüfte die letzten Eingänge. Florian hatte ihm eine Kurznachricht gesandt, dass er die Hausdurchsuchung bei Hirzers verlassen hätte und einem weiteren Verdacht nachging. Kremmel ärgerte sich, dass Florian nicht weiter präzisierte. Vielleicht war zu wenig Zeit gewesen. Doch da wurde er von einer anderen SMS abgelenkt und sein Herz tat einen kleinen Hüpfer. Sabine! Sie lud ihn am Wochenende erneut nach München ein. Diesmal würde er fahren, aktueller Fall hin oder her. Wenigstens am Sonntag musste mal Zeit sein! Werner Kremmel antwortete sofort.
Auf der Bühne des Vereinsheimes ging derweil das Drama weiter. Immer wieder rief Kurt Wieser seine Anweisungen hinein und brachte damit die Schauspieler noch mehr aus der Fassung.

„Sakra Zement, no amoi!", fluchte er plötzlich und warf das Skript, das er in der Hand gehalten hatte, mit voller Wucht auf einen Tisch. Kremmel zuckte zusammen und steckte sein Handy wieder ein. Die Darsteller standen je nach Temperament mit hängenden Schultern oder trotzigen Gesichtern auf der Bühne und schauten zu ihrem Regisseur hinab. „Pause! Wir machen eine Pause. Und lange schaue ich mir das nicht mehr an. Wenn es nachher so weitergeht, breche ich die Probe für heute ab!" Sein rotblondes Haar leuchtete im Scheinwerferlicht und seine Stirn glänzte schweißnass.
Die Schauspieler begannen sich vom Schreck zu erholen und sprachen leise durcheinander. Einige kamen von der Bühne herunter und holten sich Bier oder Wasser aus bereit stehenden Kisten.
„Läuft's nicht?", fragte Kremmel und lächelte Wieser freundlich an.
Wieser wischte sich mit dem Ärmel über die Stirn und sah Kremmel pikiert an. „Da muss man wohl nicht vom Fach sein, um das zu erkennen!", donnerte er. „Also, was wollen Sie denn eigentlich hier? Sich das Drama um mein Drama ansehen und sich daran ergötzen, wie schlecht es um Heimatbühnen bestellt ist, oder was sonst?" Wieser ließ sich schwerfällig auf einen Stuhl an Kremmels Tisch nieder.
„Ganz im Gegenteil, ich sagte Ihnen doch bereits, weshalb ich hier bin. Ich würde die Schauspieler gerne mal zu ihrem Verhältnis zu Max Hirzer und Sebastian Markl fragen. Wo doch alle so günstig zusammen sind." Kremmel lächelte. Seit er Sabines Nachricht gelesen hatte, verspürte er wieder neue Energie und äußerst gute Laune.
Missmutig starrte ihn Wieser an. „Des is net Ihr Ernst, net?"
Er wischte sich wieder über die Stirn. „Sie sehen doch, wie schlecht es läuft. Ich brauche jede ungestörte Probe, in zwei Wochen ist die Premiere! Na, des können'S vergessen!"
„Soll ich alle vorladen?" Kremmel runzelte die Stirn. „Ich glaube nicht, dass Sie das wollen."
„Was, wen wollen Sie vorladen?", fragte ein Mann lautstark. Sein durchdringendes Stimmorgan war Kremmel schon aufgefallen. „Um was geht's denn überhaupt? Und dürfen Sie uns einfach so befragen? Geh', Sie wissen fei, dass mir a Recht auf an Anwalt ham!"
Kremmel grinste. Seit in Fernsehkrimis potentiell Verdächtige immer nach einem Anwalt verlangten, forderten auch viel mehr Menschen,

die er einfach nur befragen wollte, gleich einen Rechtsbeistand. „Den werden Sie nicht brauchen. Vorerst zumindest. Es sei denn, sie haben Sebastian Markl erstochen oder Max Hirzer über die Balkonbrüstung geholfen?"
Erschrocken starrte ihn der Mann an. „Wie kommen'S jetzt da drauf? Ich hab nichts g'macht!"
„Das ist gut für Sie!", meinte Kremmel.
„Ja, was is' jetzt des?", brummte Xaver Groß. „Muss des sein, dass mir hier g'stört werden?"
„Ruhe jetzt!", rief Wieser schon wieder. „So wird des nix! – Also gut, stellen Sie schnell Ihre Fragen und dann lassen'S uns wieder in Ruhe unsere Arbeit machen. Verstanden?"
Kremmel nickte ihm zu und stand auf. „Meine Damen und Herren, darf ich Sie kurz stören?", begann er und bat die Anwesenden, sich nacheinander für ein kurzes Gespräch bereit zu halten. „Ich brauche den Tisch für mich alleine!" sagte er zu Wieser. Demonstrativ langsam erhob sich der Regisseur und holte sich eine Flasche Bier.

Die Befragung zog sich in die Länge, da 22 Schauspieler anwesend waren und keiner der Laientruppe fehlte. Als Xaver Markl mit verschränkten Armen vor Werner Kremmel saß, kam Wieser schon zum wiederholten Male an den Tisch und fragte: „Wie lange dauert das denn noch? Können wir jetzt mit den Proben anfangen?"
Und wieder antwortete Kremmel: „Wenn Sie noch öfter stören, sicher nicht so schnell!"
„Und das nervt!", warf Markl ein. „Sie tappen ja doch im Dunkeln!"
„Wenn Sie sich da mal nicht täuschen?", bluffte Kremmel. In diesem Moment vibrierte sein Handy. Es war Florian.
„Bist du noch bei den Theaterproben?"
„Ja!"
„Ich stehe hier noch am Mittermühlenweg. Mir fiel auf, dass eine Dame aus unserem Notizbuch gleich in der Nachbarschaft wohnt und ich wollte sie kurz befragen, quasi mit einem Aufwasch. Eine Nachbarin sagte mir, sie sei bei einer Theaterprobe. Ist sie zufällig bei dir?", fragte Florian.
„Wenn du mir noch verrätst, wie sie heißt, kann ich deine Frage viel-

leicht beantworten“, meinte Kremmel trocken.
„Ah so, klar! Claudia Kainzinger“, antwortet Florian.
Kremmel pfiff leise und suchte das Gesicht der Blondine in der Menge. „Sie ist hier“, meinte Kremmel leise und suchte weiter. Wo war die Frau, vielleicht auf der Toilette? „Sie war es zumindest. Kannst du herkommen? Ich könnte Verstärkung gebrauchen.“
„Klar, ich komme. Ich…,“ Florian machte eine Pause. „Hast du etwas von Gschwender gehört?“ Er brach ab.
Kremmel suchte immer noch mit den Augen nach Claudia Kainzinger. „Nein, tut mir leid. Keine Neuigkeiten von Gschwender!“ Er beendete das Gespräch und rief laut: „Wo ist Frau Kainzinger?“
Man sah einander an und schüttelte den Kopf. „Die war eben noch da“, antwortete eine pralle Schwarzhaarige.
„Der Dampfinger ist auch weg!“, rief eine männliche Stimme.
Xaver Groß grinste Kremmel an. „Scheint wohl doch nicht so zu laufen, was? Ihnen laufen die Leut‘ weg und Sie merken es nicht mal. Schöner Kommissar!“
Werner Kremmel ließ sich nicht provozieren. „Sie werden beide ihre Gründe haben. Besser geht’s gar nicht!“
Xaver Groß hörte auf zu grinsen. „Die Kainzinger war auch im Bett von meinem Schwiegersohn. Ein komisches Frauenzimmer!“
Kremmel war gerade im Begriff, aufzustehen und zu versuchen, irgendwie und irgendwo die beiden Abkömmlinge einzufangen, als er inne hielt und Groß ansah. „Wie meinen Sie das?“
Groß schüttelte den Kopf. „Na, die stand immer wieder bei uns in der Gaststube. Dabei war doch offensichtlich, dass mein Schwiegersohn sie abserviert hatte. Entweder war die so naiv oder so aufdringlich. Dabei hat sie sich doch bloß zum Deppen gemacht und dabei erniedrigt. Sogar ich habe sie mal angesprochen und sie gefragt, ob sie keinen Funken Würde im Leib hat.“
„Und, wie hat sie reagiert?“
„Sie hat mich groß angeschaut und mir gesagt, dass es mich nichts anginge und sie etwas Wichtiges zu besprechen hätte.“
„Hat sie angedeutet, was das war?“
„Natürlich nicht. Sie hat bestimmt noch eine Stunde gewartet, dann war sie plötzlich weg“, erinnerte sich Xaver Groß.

„Danke, ich muss los und sehen, ob ich einen der beiden noch einfange“, meinte Kremmel und packte sein Handy. Mit großen Schritten eilte er aus dem Vereinsheim. Schon im Foyer hörte er Florians Stimme und lief noch schneller nach draußen. Dort versuchte sich die Blondine gerade aus Florians Handgriff zu befreien. „Zu Hilfe, dieser Mann belästigt mich!“, schrie sie in Kremmels Richtung. Mit wenigen Schritten war er bei ihr und packte sie am anderen Arm. Erschrocken starrte sie Kremmel an, hatte sie doch gehofft, dass ein anderer als Kremmel aus dem Haus treten würde.
„Wieso denn so eilig?“, fragte Kremmel ganz ruhig.
Claudia Kainzinger schien in sich zusammen zu fallen. „Ich will einen Anwalt!“, sagte sie leise.
„Das wollen sie alle!“, murmelte Kremmel und gab Florian einen Wink. „Dann laden wir Sie mal in unser Büro ein.“
Widerstandslos ließ sie sich zum Auto führen und stieg ein, nachdem Florian ihr die Türe geöffnet hatte.
„Hast du hier noch jemanden aus dem Haus laufen sehen?“, fragte Kremmel.
„Nein. Sollte ich?“
„So ein Mist, er ist mir entwischt. Dass mir so etwas noch passiert!“
„Wer?“
„Gerd Dampfinger!“
„Der Kellner aus der ‚Post‘? Nein, als ich hier aus dem Wagen stieg, lief mir die Kainzinger geradewegs in die Arme. Es war mehr ein Reflex, als ich sie aufhielt. Sollen wir ihn suchen?“, fragte Florian.
„Wo denn? Nein, den kriegen wir schon noch. Lass uns erst einmal ins Büro fahren!“, brummte Kremmel und suchte seine Jackentasche nach einem Bonbon ab.

Gerd Dampfinger schloss die Wohnungstüre hinter sich zu und schob die beiden Riegel vor. Sicher war sicher. Dann starrte er die Türe an und wusste, dass er einen riesigen Fehler gemacht hatte. Er hätte nicht fliehen dürfen. Er hätte cool bleiben und mit dem Hauptkommissar reden müssen. Immerhin war er doch ein begnadeter Schauspieler! Und jetzt, jetzt war er verdächtig, schon deshalb, weil ihm die Nerven durchgegangen waren! Er ballte die Faust und schlug mit aller Wucht an die Wand, bis es schmerzte. Es durfte einfach nichts schief gehen, nun, da er sich bei der privaten Schauspielschule angemeldet hatte. Er wollte dahin und wenn er noch einen zweiten Job annehmen musste, um den Unterricht zu bezahlen. Wenn er bloß ein Alibi hätte, für die Zeit als Markl ermordet worden war. Doch er war zu blöd gewesen, sich etwas auszudenken! Er könnte sich ohrfreigen! Wenn er nur wüsste, wie er sich jetzt verhalten sollte. Fliehen? Damit würde er sich nur noch mehr verdächtig machen! Nein, vorerst würde er sich hier einsperren und niemandem öffnen. Sollten sie doch die Türe aufbrechen! So schnell würden sie ihn nicht kriegen!

Johanna fuhr durch die stockdunkle Nacht. Es hatte zu schneien begonnen und die weißen Flocken stürzten wie ein Bienenschwarm, der um seinen Honig beraubt worden war, auf ihre Windschutzscheibe zu. Sie sah nahezu nichts, es war, als hätte sie eine Bildstörung auf dem Fernseher. Um besser zu sehen, kniff sie instinktiv die Augen zusammen. Keine Straßenkreuzung, kein Verkehrsschild, nichts. Es war, als hätte sich Johanna mal eben auf dem Mars verfahren.
Von der Rückbank kam kein Laut. Vor ein paar Minuten hatte Paul noch leise vor sich hin gestöhnt, doch jetzt war es gespenstisch still. „Paul?“, fragte Johanna. Und dann noch lauter: „Paul, hörst du mich?“ Er gab keine Antwort. Sie biss sich auf die Lippen und gab Gas, fuhr in einem Höllentempo gegen eine schwarze Wand.
Er durfte nicht sterben! Es kam ihr vor wie ein böser Albtraum. Noch vor einer halben Stunde hatte er sie mit der Waffe bedroht und hatte keine Zweifel daran gelassen, dass er sie auch erschießen würde. Nun war er lebensgefährlich verletzt, von ihr! Sie hatte es nicht gewollt, es war passiert, das wusste sie selbst. Und doch, es passte einfach nicht in ihren Kopf, dass Paul so krank in der Seele war, und er sie aus irgendeinem Grund so liebte, falsch liebte, dass er vor Mord nicht zurückschreckte. Trotz allem war so viel kindliche Zuneigung ihm gegenüber in ihr, dass sie keinen Hass auf ihn verspürte, wohl aber erfüllt war von Trauer und Angst.
Todesangst. So blickte sie auch jetzt immer wieder, alle paar Sekunden, in den Rückspiegel. Würde sie dort plötzlich sein Gesicht sehen oder seine Hände an ihrem Hals spüren? Sie schüttelte sich und ein eisiger Schauer lief ihren Rücken hinab. Sie hatte Spielfilme gesehen, wo Mörder plötzlich auf der Rückbank auftauchten und diese Bilder gingen ihr jetzt nicht aus dem Kopf! Es regte sie so auf, immer zwischen Straße und Rückspiegel zu lauern, dass sie mit den Zähnen klapperte.
Endlich, nach einer gefühlten Ewigkeit, kam Johanna an eine Kreuzung. Da, ein Verkehrsschild! Noch nie hatte sie sich so über ein unscheinbares, gelbes Schild gefreut. Nach Landshut waren es noch 10 Kilometer. Sie bog ab und gab Gas. In Landshut würde sie die Klinik finden. Vielleicht war es ja noch nicht zu spät! Noch mehr drückte sie das Gaspedal durch. Da kam ihr ein Fahrzeug entgegen, betätigte die Lichthupe. Was will der?, dachte Johanna.

Einige Augenblicke später blendete kurz ein Licht auf. Vom Straßenrand her, was mochte das gewesen sein? Egal, sie gab noch mehr Gas. Paul stöhnte plötzlich auf. Rückspiegel, ist alles in Ordnung? Nichts zu sehen. Doch da plötzlich Lichter vor ihr! Johanna erschrak, trat auf die Bremse. Blinklichter. Was war da los? Blaue Blinklichter! Das konnte doch nur …? Polizei!

Da wurde sie auch schon heraus gewunken. Johanna trat auf die Bremse. Hola, dauerte das, bis sie stand! Ob sie wohl doch zu schnell gefahren war? Wie gelähmt blieb sie sitzen, klammerte sich an das Lenkrad. Sollten sie doch kommen! Wurde ja auch Zeit, dass sie ihr halfen!

Da wurde die Tür schon aufgerissen. „Guten Abend, Polizeikontrolle. Haben Sie auch nur im Ansatz eine Ahnung, wie schnell sie gefahren sind? Bei der Witterung! – Führerschein und Fahrzeugpapiere bitte!"

Johanna sah den Beamten an und wollte sprechen, doch sie war dazu nicht fähig. Es war, als wurde der Befehl nicht an ihre Stimmbänder weiter geleitet. So starrte sie den Mann nur an, der nun eine Taschenlampe direkt auf ihr Gesicht richtete.

„Haben Sie getrunken? Deswegen stehen wir uns hier bei dem Sauwetter die Beine in den Bauch. Um Leuten, die bei Weihnachtsfeiern zu tief ins Glas schauen, ihre …" Der Beamte stutzte und leuchtete auf den Beifahrersitz. „Da ist ja eine Waffe!", schrie er und: „Markus, komm mal her!" Blitzschnell fasste der Polizist an die Seite und zog die Dienstwaffe. „Legen Sie ihre Hände ans Lenkrad! Los, ganz langsam und keine Mätzchen!"

Während Johanna versuchte, dem Befehl zu folgen, stöhnte Paul laut auf!

Inzwischen war der Beamte Markus an den Fiesta heran getreten. „Leuchte mal auf die Rückbank!"

„Da liegt einer. Er blutet!", rief Markus.

„Los jetzt, Hände nach oben und ganz langsam aussteigen!", rief der Beamte. Zum zweiten Mal an diesem Abend sah Johanna eine Waffe direkt auf sich gerichtet.

Claudia Kainzinger war nicht besonders auskunftsfreudig. Wie ihr Name in das Notizbuch von Frau Groß-Markl gekommen war, konnte sie nicht erklären. Herrn Markl kannte sie nur als äußerst freundlichen Hotelier.

Werner Kremmel hatte Hunger und glaubte Frau Kainzinger kein Wort. Die bisherigen Überprüfungen aller weiblichen Namen hatte ergeben, dass die Frauen sehr wohl intime Kontakte zu Sebastian Markl gehabt hatten. Bislang konnten alle vernommenen Frauen ein glaubhaftes Alibi nachweisen. Weshalb sollte nun ausgerechnet Kainzingers Name versehentlich falsch notiert worden sein?

„Und Sie können sich wirklich nicht erinnern, wo Sie zur fraglichen Tatzeit gewesen sind?“, fragte Kremmel und sandte einen Seitenblick auf seinen jungen Kollegen. Es war ihm nicht entgangen, wie schweigsam Florian war. Wahrscheinlich schweiften seine Gedanken immer wieder zu Johanna ab. Er verstand dies, hätte sich aber trotzdem mehr Unterstützung gewünscht. Und je mehr sein Magen knurrte, desto übellauniger wurde er.

In diesem Moment wurde die Türe aufgerissen und Peter trat ein. Er sah Kremmel ernst an und fing sofort an zu reden, ohne wie sonst zu fragen, ob er stören dürfte. „Im Fall Gschwender gibt es Neuigkeiten. Wir wissen, welches Auto Paul Gschwender gestohlen hat. Es wurde in München zufällig von der Schwester des eigentlichen Besitzers erkannt. Die Münchner Kollegen haben eine Fahndung heraus gegeben und sie informieren uns, wenn es Neues gibt. Ich muss weiter, entschuldigt mich bitte!“ Peter hob die Hand und eilte grußlos hinaus.

Florian hatte sich unter den Worten geduckt wie jemand, der einen Baseballschläger ins Genick bekommt. Fast so, als wäre dies wirklich geschehen, spürte er, wie sich der brennende Schmerz in ihm ausbreitete. Paul in München! Johanna in München! Er ahnte, nein, er wusste, dass geschehen war, was nie geschehen durfte.

Das Handy, das unerreichbar war. Ihr fehlender Anruf, gut angekommen zu sein. Dies allein waren schon Beweise genug, dass etwas nicht stimmte. Florian spürte Werner Kremmels Blick auf sich ruhen und er konnte es im Moment nicht ertragen, dass er hier saß und nicht bei ihr war. Er hatte das Gefühl, plötzlich eine Jacke zu tragen, in die Felsbrocken eingenäht waren und er schluckte gegen den aufsteigenden

Reiz zu weinen, der wie ein hungriges Tier darauf lauerte, sein sicheres Versteck zu verlassen.
Fast im Streit hatten sie sich getrennt und er konnte ihr zum Abschied nur einen flüchtigen Kuss auf die Wange geben, weil sie sich abgewandt hatte. Es war seine Schuld, und diese Gewissheit alleine war mehr, als er ertragen konnte. Florian sah Kremmel an, der immer noch betroffen schwieg und wohl dasselbe dachte.
Es war egal, ob er sich tapfer wie ein Mann präsentierte. Alles war egal, wenn er nur Johanna finden würde.
„Ich habe ihr nicht einmal gesagt, dass ich sie heiraten will!", entglitt ihm. Fast nur ein Flüstern und doch so quälend wie ein Paukenschlag.
Werner Kremmel zuckte zusammen. Auch er glaubte an keinen Zufall. Sein Bauchgefühl sagte nichts Gutes und daran war nicht der leere Magen schuld!
Claudia Kainzinger sah von Kremmel zu Florian und plötzlich verzog sich ihr Gesicht zu einer traurigen Fratze. Dann fing sie unvermittelt an zu weinen. „Mein Gott!", schluchzte sie. „Wie ergreifend! Und so schön! Er hat mir doch auch die Ehe versprochen! Ganz tief versprochen… Und dann? Alles vergessen! Dabei war Sebastian doch die Liebe, nach der ich mich immer gesehnt habe!"
„Sebastian Markl?", fragte Kremmel.
Sie nickte.
Kremmel griff zum Telefon. „Gabi, sei so lieb und besorg mir was zu Essen. Irgendwas. Das dauert heute noch länger hier!"

Johanna saß auf der Rückbank des Polizeiautos und fror. Am liebsten hätte sie laut losgebrüllt oder zumindest geweint, doch nichts von alle dem gelang ihr. Sie war wie versteinert, bis auf das unerträgliche Zittern, das ihren Körper schüttelte. Da saß sie nun, in Handschellen gebunden, wie eine Verbrecherin und wartete darauf, dass man sie zu irgendeiner Polizeistation brachte. Der zweite Polizist, der Markus gerufen wurde, schien ein wenig umgänglicher zu sein. Er hatte ihr wenigstens zugehört, als sie zu erklären versucht hatte, wie sich alles zugetragen hatte. Gut, sie hatte dabei gestottert, aber war das nicht verständlich in so einer Situation? Stattdessen forderte der erste Polizist sie auf, sich breitbeinig hinzustellen, damit er sie nach weiteren Waffen untersuchen konnte. Sie hätte kotzen können, als sie seine Hände an ihren Oberschenkeln spürte, ganz weit oben, zu weit oben! Als ob sie dort eine Waffe tragen würde! Gleich nach dem Abtasten hielt er ihr ein Blasröhrchen hin. Sie hatte ihn herausfordernd angesehen, als sie gepustet hatte. Was sollte es schon anzeigen, hatte sie doch keinen Tropfen Alkohol zu sich genommen!
Draußen zuckte das Blaulicht des Notarztwagens. Vor wenigen Minuten hatten sie Paul auf der Krankenliege hinein geschoben und waren seither nicht weggefahren. Ob das ein gutes oder eher schlechtes Zeichen war? Der Polizeifunk spuckte immer wieder für Johanna unverständliche Informationen und Anweisungen aus. Jedes Mal zuckte sie zusammen, wenn wieder eine Stimme ertönte. Dann endlich fuhr der Krankenwagen ab. Kurz darauf kam ein zweites Polizeiauto, aus dem ebenfalls zwei Beamte stiegen. Es kam Johanna wie eine Ewigkeit vor, bis der Polizist Markus, der ihre Handtasche trug, und der andere Beamte ins Fahrzeug stiegen. Johanna schloss die Augen. Ihr war plötzlich wieder übel und alles um sie herum schien sich zu drehen, als säße sie in einem Karussell auf dem Jahrmarkt. Entschlossen atmete sie gegen ihre Schwäche an. Sie würde hier nicht schlapp machen! Auf dem Revier musste sich klarstellen, dass die Lage anders war! Doch was, wenn auf der Waffe auch ihre Fingerabdrücke waren? Wie, um alles in der Welt, sollte sie beweisen, dass sich der Schuss gelöst hatte, als sie um ihr Leben kämpfte? Gab es da Hoffnung? Wäre nur Florian bei ihr! Etwas Feuchtes berührte ihre Wangen. Sie brauchte etwas Zeit, bis sie begriff, dass es ihre Tränen waren. Obwohl eine

Trostlosigkeit wie eine Ladung Zementsäcke auf ihre Brust drückte, brachten die Tränen einen Hauch von Trost. Es würde sich doch alles aufklären. Oder?

„Was ist das denn?", fragte Werner Kremmel und runzelte die Stirn.
„Tofu!", antwortete Gabi und lächelte.
„Und das soll ich essen?"
„Kannst es auch sein lassen. Ich esse vegetarisch und in meinem Kühlschrank war nichts anderes mehr. Bio-Magerquark mit Himbeerfruchtaufstrich kann ich noch anbieten", meinte Gabi und sah auf die Uhr. „Die Supermärkte haben seit zwei Stunden geschlossen. Aber probier doch erst mal. Ist mit Paprika, schmeckt echt lecker!"
Skeptisch sah Kremmel auf das Brötchen, das auf einem Teller vor ihm lag. Sein Magen knurrte inzwischen so, dass es schmerzte.
„Ok., danke. Ist echt lieb von dir, Gabi. Setz dich bitte und führe Protokoll. Frau Kainzinger hat uns was zu sagen." Kremmel biss in die Semmel – und war erstaunt. Das schmeckte wirklich gut! Er schluckte und nickte Claudia Kainzinger zu. „Bitte erzählen Sie uns, wie sich alles zutrug."
„Soll ich nicht erst auf einen Anwalt warten?"
„Haben Sie denn einen parat?", fragte Kremmel und biss wieder in die Semmel. Er hielt die Hand vor den Mund und fügte hinzu: „Entschuldigen Sie! Ich habe seit heute Morgen nichts mehr gegessen!"
„Schon gut. Nein, ich habe keinen Anwalt!"
„Sie können uns vertrauen und bekommen einen. Es spart aber Zeit, wenn Sie reden. Keine Angst, wir zwingen Ihnen nichts heraus, was Sie nicht sagen wollen!", meinte Kremmel. Er schob den Teller zur Seite, obwohl es ihm schwer fiel. Mit vollem Appetit zu essen, während jemand vielleicht einen Mord beichtete, schien ihm nicht richtig. Erwartungsfroh sah er sie an und nickte ihr aufmunternd zu.
„Also, ich habe …, ich wollte Sebastian Markl umbringen!" Claudia Kainzinger fing plötzlich wieder an zu weinen. Sie hatte doch so stark sein wollen! „Es war … ich hielt das einfach nicht mehr aus! Wie er mich abserviert hat, wie einen benutzten Speiseteller. Er sagte, er liebe seine Frau noch! Dabei wollte er mich doch heiraten. Das hat er wirklich gesagt!" Sie wühlte in ihrer Handtasche nach einem Taschentuch und schnäuzte hinein.
„Das Schlimmste war, als ich ihm sagte, dass ich ein Kind von ihm erwarte! Ich soll es wegmachen lassen, hat er geantwortet! Können Sie sich das vorstellen? Ich hätte unser Kind umbringen sollen!" Claudia Kainzinger konnte nicht weiter sprechen.

Gabi Leinert drückte ihr Mitgefühl aus, indem sie eine Hand auf Claudias Arm legte. „Was geschah dann? Bitte erzählen Sie weiter!", bat Gabi mit sanfter Stimme.

Werner Kremmel war froh, dass Gabi anwesend war. Aus dem Augenwinkel sah er, dass Florian verstohlen sein Handy einsteckte. Hatte er erneut erfolglos versucht, Johanna zu erreichen? Kremmel stöhnte leise. Wenn die Kainzinger gestanden hatte, würde er Florian nach München schicken. Er konnte seinen jungen Kollegen nicht leiden sehen. Irgendetwas musste er tun!

„An dem Abend, an dem er mir sagte, dass ich … dass ich abtreiben soll, da hielt ich es nicht mehr aus zu Hause. Ich habe versucht, nochmals mit ihm zu reden und bin ‚Zur Post' gefahren. Über eine Stunde habe ich dort auf ihn gewartet, bis mir sein Schwiegervater sagte, dass er zu Hause wäre. Zuerst wollte ich selbst heim fahren, doch als ich schon fast dort war, entschloss ich mich, zu Sebastian zu fahren. Ich weiß nicht, was in mich gefahren war, aber als ich ihn durch das Fenster am Schreibtisch sitzen sah, bekam ich so eine unsagbare Wut auf ihn! Ich hasste ihn plötzlich dafür, wie kalt er mich gedemütigt hatte. Wissen Sie, was er mir sagte?" Claudia Kainzinger sah Gabi Leinert an. Diese schüttelte den Kopf. „Als er von mir die Abtreibung forderte, sagte er mir im selben Atemzug, dass er eine andere Freundin hätte, die auch ein Kind erwarten würde und dass es bald zur Welt käme." Wieder fing Claudia Kainzinger an zu weinen und konnte nicht mehr weiter sprechen. Dann schlug sie plötzlich mit der Hand auf den Tisch. „Er hatte diese Freundin schon, als er zum ersten Mal mit mir ins Bett stieg. Die soll das Kind behalten, ich nicht! Können Sie sich das vorstellen? Ich kam mir so verraten vor, wie Müll! Was bildete er sich ein? War er der liebe Gott, der bestimmen durfte, was andere zu tun hätten? Ich habe ihn plötzlich so gehasst!"

„Was passierte dann?", fragte Gabi Leinert.

Kremmel sah wieder zu Florian, der wie versteinert da saß. Ob er überhaupt mitbekam, dass hier ein Verhör lief? Er blickte wieder zu Gabi. Er musste ihr morgen mal ein Lob aussprechen. Sie verhielt sich gerade ausgesprochen gut und er wollte sich gar nicht einmischen.

Claudia Kainzinger schnäuzte wieder. „Ich hatte ja noch einen Schlüssel zum Haus. Den hat er mir sogar anvertraut und ihn gar nicht

zurückgefordert." Sie würgte, schluckte. „Dann bin ich rein ins Haus und in die Küche. Dort habe ich den Messerblock gesehen. Ich habe das spitze Spickmesser ausgesucht und wollte ihn eigentlich nur erschrecken. Ich wollte ihm zeigen, wie das ist, wenn man dem Tod ins Auge blickt, das, was er seinem eigenem Baby zumuten wollte. Das müssen Sie mir glauben! Er hatte meine Liebe nicht verdient!"
Claudia Kainzinger brach ab und beugte sich vorne über, legte Arme und Kopf auf die Tischplatte und weinte hemmungslos.
Ganz vorsichtig berührte Gabi die Schulter von Frau Kainzinger. „Ich kann das irgendwie nachvollziehen. Hören Sie, Frau Kainzinger. Aber es war nicht richtig. Haben Sie ihn dann ermordet?"
Wie in Zeitlupe erhob sich Claudia. „Ich … ich hasse mich seitdem. Dafür dass ich ihn ermorden wollte … Und das Kind, das habe ich verloren! Einfach so! Der liebe Gott hat mich schon gestraft! Was jetzt passiert, ist mir egal." Sie sah zu Kremmel. „Bin ich jetzt verhaftet?"
Kremmel schob den Teller noch weiter weg. Es ging ihm nahe und sein Hunger war auf einmal wie weggeblasen. „Ich werde Sie dem Haftrichter nur vorstellen müssen, wenn Sie Sebastian Markl tatsächlich ermordet haben. Sie hatten ein Spickmesser in der Hand, sagten Sie. Ich bin kein Gourmetkoch, aber die sind doch kurz und sehr spitz, nicht wahr?"
Claudia Kainzinger nickte und ihre Haare fielen dabei wie ein goldener Schleier über die Schultern. Leise fing sie wieder an zu weinen.
„Und die Fensterfront an der Terrasse, die haben Sie auch eingeschlagen, um einen Einbruch vorzutäuschen?", fragte Kremmel und lächelte wie ein nachsichtiger Vater.
Erstaunt hob Claudia Kainzinger ihr Gesicht an. „Die Fensterscheibe? Nein, wieso sollte ich? Ich … ich habe Angst vor Glasscherben. Bitte glauben Sie mir, ich würde nie freiwillig Glas zu Bruch gehen lassen."
„Was war dann?", fragte Gabi Leinert. „Was machten Sie mit dem Spickmesser?"
Claudia wischte sich mit dem Handrücken die Nasenspitze ab und schniefte. „Ich steckte es zurück in den Messerblock. Sebastian saß immer noch im Büro, ich konnte ihn durch einen Türspalt sehen. Dann bin ich gegangen."
„Ist Ihnen da etwas aufgefallen?", fragte Kremmel.

Sie sah ihn erstaunt an und schien zu überlegen. „Nein, eigentlich nicht. Aber da stand ein großer Wagen dicht hinter meinem Auto. Der war vorher noch nicht da gewesen."
„Konnten Sie jemanden erkennen, der darin saß?"
Sie schüttelte den Kopf. „Ich war viel zu aufgewühlt."
„Dann wissen Sie, nehme ich an, weder die Automarke noch irgend einen Bestandteil vom Nummernschild", seufzte Kremmel.
„Ich kann mich einfach nicht erinnern", murmelte sie. „Bin ich jetzt verhaftet?"
Kremmel drehte den Teller mit der Semmel und schob ihn noch weiter weg. „Sie können gehen! Gabi wird Ihre Fingerabdrücke nehmen und wir werden das Spickmesser darauf hin untersuchen. Bitte halten Sie sich bis zur Klärung der Details verfügbar und bleiben in der Stadt. – Und, das mit dem Baby, das tut mir leid für Sie!"
Claudia Kainzinger sah Kremmel mit großen blauen Augen an. „Sie glauben mir?", fragte sie mit zitternder Stimme.
„Vorerst schon! Sebastian Markl wurde mit einem Universal-Küchenmesser erstochen und der Täter trug Handschuhe. Ich hoffe für Sie, dass auf dem Spickmesser tatsächlich Ihre Fingerabdrücke sind!"

„Schaun'S, Frau Brandner, so kommen wir nicht weiter!", sagte Hauptkommissar Anton Schmidl zu Johanna, die vor ihm auf einem Stuhl saß. „Sie behaupten also, dass Sie das Opfer sind und nicht Herr Gschwender und dass Sie eigentlich in Freyung wohnen, aber in München entführt wurden. Die Waffe, die wir auf dem Beifahrersitz fanden, gehört Ihnen nicht, sagen Sie. Gerade teilte mir mein Kollege aber mit, dass sich auf der Tatwaffe eindeutig Ihre Fingerabdrücke isolieren lassen. Ich würde Ihnen ja gerne glauben, aber die Geschichte ist schon ein bisschen wirr!"
Herr Schmidl kratzte sich am Hinterkopf. Er wurde nicht ganz schlau aus der jungen Frau, die blass und elend vor ihm saß. Auf den ersten Blick wirkte sie ganz und gar nicht gefährlich, aber, dies hatte er in all den Jahren gemerkt, die wenigsten Menschen sahen aus, wie man sich klischeehaft einen Mörder vorstellt. Schon wieder juckte es am Haaransatz oberhalb des Nackens. Hoffentlich hatte ihn sein Nesthäkchen, das Läuse aus dem Kindergarten nach Hause gebracht hatte, nicht angesteckt!
Johanna sah den schmächtigen Hauptkommissar an. War der so nervös oder wieso kratzte er sich ständig am Kopf? „Bitte hören Sie doch zu! Fragen Sie bei Ihren Kollegen nach. Bestimmt wird Herr Gschwender schon gesucht. Er müsste eigentlich in einer geschlossenen Klinik sein. Bitte rufen Sie Hauptkommissar Kremmel oder Oberkommissar Wallner in Freyung an! Bitte! Dann verstehen Sie mich endlich."
„Gut, ich werde mich durchstellen lassen. Ich hoffe für Sie, dass sich alles klären kann." Schmidl wollte gerade zum Telefon greifen, als es läutete.
„Ja?", fragte Schmidl.
Johanna versuchte sich zu entspannen. Gleich würden sich sämtliche Missverständnisse klären und alles gut werden. Sie hatte solchen Durst und erst jetzt bemerkte sie, dass ihr Magen knurrte. Wann hatte sie zuletzt etwas gegessen? Sie wusste es nicht einmal mehr. Egal, sie verspürte keinen Appetit, nicht in dieser Situation!
Schmidl blieb recht eintönig bei seinem Telefonat. Wahrscheinlich sollte sie nichts mithören. Komisch, dass Schmidl auf einmal aussah, als hätte man ihm einen Kübel eiskaltes Wasser übergegossen! Wie in Zeitlupe legte er den Hörer auf.

Er sah Johanna an, lange. Suchte scheinbar nach Worten.
„Frau Brandner?“
„Ja?“
„Das war eben das Klinikum. Herr Gschwender ist vor zehn Minuten verstorben!“
„Nein!“
„Doch, leider!“
„Nein! Das ist nicht möglich!“
„Doch!“
Kälte. Eiseskälte. Ein letzter gewaltiger Herzschlag. So fühlte es sich also an, wenn man sterben musste. Alles wurde schwer, so schwer und dann ganz leicht. Man schwebte in ein Licht, gleißend wie die Sonne, drehte sich um tausend Achsen, bis man mit einem Mal in ein erlösendes schwarzes Nichts fiel.

Werner Kremmel kam gerade von der Toilette zurück, als sein Telefon läutete. Bis er jedoch an seinem Schreibtisch angelangt war, hörte es auf.
Kurz darauf kam Florian ins Zimmer. Er war draußen gewesen, musste frische Luft schnappen. Nun wollte er Kremmel bitten, gehen zu dürfen. Er hielt es nicht mehr aus und wollte Richtung München fahren. Egal, dass es schneite. Und wenn er einen Schlitten verwenden musste, es zog ihn nach München zu Johanna. Vielleicht hatte er Glück und würde sie ein zweites Mal finden. Und dann ließ er sie nie wieder los!
Kaum hatte Florian die Türe hinter sich geschlossen, eilte Polizist Peter Hoffmann herein. Er hatte rote Flecken auf den Wangen. „Werner, da ist ein Anruf aus Landshut für dich. Hauptkommissar Schmidl. Es ist dringend! Ich dachte schon, du bist nicht mehr da. Stelle gleich das Gespräch rüber, warte!" Schon war er wieder weg.
„Landshut? Was wollen die denn von mir?", brummte Kremmel und schob den Teller mit der Semmel, von der er gerade abbeißen wollte, wieder weg.
Da schnarrte das Telefon auch schon und Kremmel ging ran.
Florian packte seine Sachen und wollte Kremmel gerade deuten, dass er ginge, als dieser ihm ein Zeichen gab, noch zu warten.
„Ja, der Fall Gschwender sagt mir etwas. – Ja, ich kenne Frau Brandner persönlich. Weshalb? – Nein! Unfassbar! – Verstorben? –
Ja, kann ich gerne schildern!"
Florian hörte die Worte und seine Knie waren plötzlich so weich, dass er zusammen sank. Er konnte gerade noch die Kante seines Schreibtisches fassen und sich so zur Seite hangeln, dass er dort Halt fand. Johanna war tot? Das Schlimmste was je passieren konnte, war eingetroffen, ein Albtraum war Wirklichkeit geworden! Er versuchte tief einzuatmen, aber es ging nicht. Machte nichts. Wenn Johanna nicht mehr am Leben war, wollte er auch sterben! Es wurde dunkel und der Schmerz löste sich plötzlich auf. Konnte sterben denn wirklich so schön sein?
„Florian! – Florian! Himmel noch mal! Hörst du?", schrie Kremmel.
„Was ist? Bin ich im Himmel?", hörte sich Florian sagen. In seinen Ohren summte es komisch und er saß in seinem Schreibtischstuhl.

„Was war das denn jetzt?“, fragte Kremmel besorgt.
Johanna! Blitzschnell schnellte Florian an Kremmel vorbei in die Höhe. „Was ist mit Johanna? Wo ist sie?“
„Will ich dir doch gerade erzählen. Du hattest ein Blackout. – Man hat Johanna und Paul gefunden. Sie ist jetzt im Polizeipräsidium Landshut. Angeblich hat sie Gschwender erschossen. Er starb vor Kurzem im Klinikum!“
„Ich fahre sofort nach Landshut!“, rief Florian.
„Kann ich dich überhaupt fahren lassen, in deinem Zustand?“, zweifelte Kremmel. „Mach bloß keine Faxen, hörst du? Ich würde mir das nie verzeihen! – Naja, du kannst mich die ganze Nacht per Handy erreichen. Und jetzt werde ich noch Frau Hirzer besuchen. Ich hab da so ein Bauchgefühl!“

Bevor Werner Kremmel zu Tanja Hirzer fuhr, hielt er vor dem Mehrfamilienhaus, in dem Gerd Dampfinger wohnte. Obwohl auf der Etage Licht brannte, öffnete Dampfinger nicht. Kremmel läutete an einem anderen Klingelknopf und drückte gegen die Haustür. Als er kurz darauf vor Dampfingers Wohnungstüre stand, klopfte er. „Herr Dampfinger, ich weiß, dass Sie zu Hause sind. Machen Sie auf!"
Nichts rührte sich.
„Ich kann Sie auch vorladen lassen, wenn Ihnen das lieber ist!"
Da wurde zaghaft an der Tür hantiert. Erster Riegel zurück, zweiter Riegel zurück. Als Dampfinger endlich aufgesperrt hatte, schaute er betreten durch einen Türspalt hindurch. „Ach, Sie sind es! Was wollen Sie denn von mir?"
„Zunächst mal eintreten", sagte Kremmel. „Und dann hätte mich interessiert, wieso Sie plötzlich von den Proben abgehauen sind. Ich wollte mich doch noch mit Ihnen unterhalten!"
„Ach das", meinte Dampfinger und ließ den Hauptkommissar in die Wohnung. „Nun, es gibt einfach nichts, was ich Ihnen sagen müsste. Ich habe nichts getan. Ich tue nie jemandem etwas. Der Markl war schwierig, aber deswegen bringe ich ihn doch nicht um!"
„Und das können Sie mir nicht direkt sagen? Schade ist nur, dass Sie kein Alibi für die Tatzeit haben. Weglaufen ist dann immer verdächtig, nicht wahr?"
„Also, ich will in erster Linie meine Ruhe haben. Alibi habe ich keines, aber wie ich schon sagte, war ich wie heute zu Hause und habe Texte gelernt. Ich will nämlich professioneller Schauspieler werden, nicht nur auf Laienbühnen. Ich habe das Zeug dazu, wissen Sie!"
Kremmel dachte an die Darbietung vor wenigen Stunden und schwieg lieber. „In manchen Gefängnissen gibt es sogar Theatergruppen. Das wäre dann ja was für Sie!"
Selten hatte Kremmel jemanden gesehen, der so schnell blass wurde. Das war in der Tat eine beträchtliche schauspielerische Leistung. „Ich sage die Wahrheit! Glauben Sie mir. Ich bringe niemanden um! Alles was ich verbrochen habe, sind ein paar illegale Wetten! Dabei habe ich viel Geld verloren und das hat mich in finanzielle Schieflage gebracht. Der Markl hat gedroht, mich zu entlassen! Da war ich natürlich aufgeregt wie nie! Aber umgebracht hab' ich den nicht! Bitte!"

„Welche Wetten meinen Sie?“
„Na, so Fußballwetten. Man setzt auf eine Mannschaft, die an einem Spieltag am höchsten gewinnt und dann fokussiert man gezielt Mannschaften und deren Ergebnisse. Das ist spannend. Geht aber meistens schief. Zumindest was mich betrifft“, sagte Dampfinger und sah zu Boden.
„Wie viel Geld haben Sie verloren?“
Dampfinger wand sich wie ein Fisch an der Angel. „So 20 000 Euro. Also genau sind es 22 430 Euro plus die Schulden, die ich bei meiner Ex habe. Unterhaltszahlungen. Ich dachte einfach, das ist ein schneller Weg, um an Geld zu kommen.“
„Ein Banküberfall auch?“
Erschrocken starrte Dampfinger Kremmel an. „Wo denken Sie hin? Dafür bin ich viel zu feige! Ich war das nicht! Ich habe die Raiffeisenbank nicht überfallen!“
„Ich weiß“, sagte Kremmel. „Und wo haben Sie gewettet?“
Erneut wandt sich Gerd Dampfinger.
„Ich kann Sie auch mitnehmen!“, drohte Kremmel.
„Also gut! Ich habe einen Tipp bekommen. Darf es eigentlich nicht sagen. Himmel, der wird mich umbringen! Der Tipp kam von einem Kollegen. Dem Chefkoch Aigner. Der wettet schon lange in großem Stil. Hat sich erst ein feines Auto gekauft!“
„Wo?“, wiederholte Kremmel mit donnernder Stimme.
„Bei Pepe in Passau. Das ist ...“
„Eine Hafenkneipe, danke!“
„Sie kennen sie?“
Kremmel nickte. „Sie halten sich zur Verfügung. Wenn Sie mir noch einmal vor einer Befragung ausbüchsen, nehme ich Sie fest!“

Florian fuhr wider jede Vernunft viel zu schnell. Die Autobahn war zwar schneefrei, aber nass und die Schneeflocken huschten wie außerirdische Lichtpunkte auf ihn zu. Er biss auf die Zähne, um seine Anspannung zu beherrschen. Der Druck in ihm war so groß, dass er fürchtete zu zerreißen. Sein Kopf dröhnte und jeder Pulsschlag schmerzte. In welchem Zustand mochte er Johanna vorfinden? Wie hatte all das geschehen können? Nie im Leben hatte er geglaubt, dass Paul aus der Klinik ausbrechen konnte, sie genoss einen guten Ruf. Gut, er hatte immer mal wieder daran gedacht, was ab dem Tag geschähe, wenn er erst mal entlassen wurde. Er hatte verschiedene Szenerien gedanklich durchgespielt, war aber mangels Notwendigkeit noch zu keinem Ergebnis gekommen. Und nun war das Schlimmste eingetroffen, was er in keinem Albtraum gesehen hatte. Es musste einen Schusswechsel gegeben haben. Florian wurde schlecht bei dem Gedanken daran. Johanna war Paul schutzlos ausgeliefert gewesen!
Wieso nur um alles in der Welt war er zu feige gewesen, ihr zu sagen, wie sehr er sie liebte und dass er sich nichts sehnlicher wünschte, als mit ihr zusammen alt zu werden? Angst hatte er gehabt, dass ein Unglück geschähe, wenn er es zuließ, dass sie zu ihm gehörte. Und wäre zum Trotz nicht fast dasselbe passiert?
Auf einmal tauchte ein großer Wagen neben ihm auf. Zog rücksichtslos aus der Einfahrt kommend von rechts auf seine Spur. Florian bremste und zog gleichzeitig den Wagen auf die linke Fahrbahn. Nur so gelang es ihm, einen Zusammenstoß zu vermeiden! Er hatte Glück, dass ihn gerade kein Wagen überholte! Florian hielt die Luft an und stieß seinen Atem dann schubweise wieder aus. Er war zu geschockt, um zu hupen oder dem Fahrer die Lichthupe hinterher zu schicken. Was hätte es auch genutzt? Um ein Haar wäre ein Unglück passiert und er wäre nie bei Johanna angekommen! Sein Herz schlug hart gegen den Brustkorb, als er wieder Gas gab und weiter fuhr. Er hatte keine Zeit zu verlieren, aber er beschloss, etwas langsamer zu fahren.

Tanja Hirzer hatte schlechte Laune und bemühte sich kein bisschen, dies vor Hauptkommissar Kremmel zu verstecken. Wortlos ließ sie die Tür offen stehen und ging ins Wohnzimmer voran, das nach der Hausdurchsuchung noch so zerfleddert wirkte wie das Federkleid eines Kampfhahns. Offensichtlich war Frau Hirzer gerade dabei, wieder alles exakt aufzuräumen, denn neben dem Couchtisch standen einige Putzutensilien und sie bot ihm keinen Platz an.
„Haben Ihre Leute etwas vergessen?", fragte sie stattdessen.
„Das wollte ich eigentlich Sie fragen", meinte Kremmel trocken. „Ist Ihnen denn schon eingefallen, woher die hohe Sollsumme auf dem Girokonto stammen könnte?"
Sie packte einen Staubwedel und hielt ihn so, als wolle sie ihn erwürgen. „Von meinem Mann! Ich hasse Schulden und arbeite nicht jeden Tag, um schon am Monatsanfang im Minus zu stehen!", sagte sie und ihr Tonfall trug eine Bitterkeit, die Mitgefühl in Kremmel auslöste.
„Sie haben deshalb mit ihm gestritten?", fragte er sanfter, als er wollte.
Tanja Hirzer nickte. „Nicht nur einmal, das können Sie mir glauben. Unsere Ehe ist daran zerbrochen. Er war krank. Er konnte es einfach nicht lassen."
„Krank? Inwiefern?", fragte Kremmel.
„Nicht im Sinne von körperlich krank. Aber unheilbar, das war er irgendwie schon!" Sie sah ihm direkt ins Gesicht und warf den Staubwedel achtlos zu Boden. „Mein Mann war spielsüchtig. Erst habe ich das gar nicht so gemerkt. Er hatte ja auch seine Jagd und schien damit ausgefüllt. Aber dann war er immer weniger im Wald, sondern in irgendwelchen Bars, in denen er zocken konnte! Bis ich dahinter gekommen bin, war es schon zu spät!"
„Dann ist das Kind, das Sie erwarten, nicht von Ihrem verstorbenen Mann, nicht wahr?", fragte Kremmel.
Tanja schüttelte den Kopf und verzog das Gesicht. Sie kämpfte mit den Tränen. „Nein, aber es wird dennoch ohne Vater aufwachsen! Ich habe zwei Männer verloren, die ich liebe. Den einen an die Spielsucht und der andere wurde ermordet!" Sie fing an zu schluchzen.
Kremmel nickte. Er hatte es geahnt. Sein Bauchgefühl! „Sebastian Markl. Wollte er Sie heiraten?"
Sie biss auf die Lippen und wischte Tränen aus den Augenwinkeln.

„Nein. Er liebte seine Frau. Trotz allem. Aber er wollte ein Vater sein für das Kind und er hat mir versprochen, nie wieder etwas mit anderen Frauen anzufangen. Es sollte nur noch Laura und mich geben!"
Kremmel fragte sich, ob das für die Frauen eine zufriedenstellende Lösung gewesen wäre. Aber es hatte sich ohnehin erübrigt.
„Und Sie wissen auch jetzt noch nicht, was oder wer Ihren Mann auf den Balkon getrieben hat?"
Sie schluchzte auf und sank auf das Sofa nieder. Sie drückte eine Hand ins Kreuzbein und stöhnte.
„Ist Ihnen nicht gut? Haben Sie Wehen?", fragte Kremmel alarmiert.
„Nein!", sagte sie und winkte ab. „Es dürfen noch keine Wehen sein, ich hab noch zweieinhalb Monate. Mein Rücken schmerzt, das ist alles. – Fragen Sie doch den alten Groß, ob er was damit zu tun hat. Ich habe in der Tat mit meinem Mann gestritten. Im Flur in der Klinik und die Kollegen haben mal wieder dezent weg gehört!
Aber alles, was ich mir vorwerfen muss, ist, dass ich mit ihm stritt und dass es das Letzte war, was mich mit ihm verband, bevor er starb! Ich wünschte, er lebte noch. Ich würde mich zwar von ihm scheiden lassen, aber dass er tot ist, das hat er nicht verdient!" Sie fing wieder an zu weinen. Leise und traurig.
„Sie haben Herrn Groß in der Klinik gesehen?", fragte Kremmel.
„Ja, er kam mir im Treppenhaus entgegen. Bei einer unserer letzten Auseinandersetzungen gestand mir Max, dass ihn Groß nur deshalb entlassen hatte, weil er Geld unterschlagen hatte. Alles wegen der Wetten! Groß war so fein, dass er es im Arbeitszeugnis nicht erwähnte! Aber mit wem hätte der Senior sonst reden sollen, wenn nicht mit meinem Mann. Ich glaube kaum, dass er jemanden besucht hat! Fragen Sie ihn doch einfach!"
„Das werde ich machen. Und vielen Dank für alles, Frau Hirzer!"

Es prickelte. So, als hätte man Champagner in den Kopf gefüllt und die Kohlensäurebläschen blubberten direkt unter der Schädeldecke. Die Haut über den Wangenknochen vibrierte, als hätte man Brausepulver darüber gestreut, das nun mit Wasser aktiv wurde. Dann pikste etwas am Arm. Autsch! Johanna fuhr hoch, versuchte es zumindest, doch sie wurde sanft zurückgedrängt.
„Nur ruhig, Frau Brandner. Es passiert gar nichts Schlimmes!", sagte eine Stimme.
Alles in Johannas Kopf schien sich zu drehen. Doch dann kamen die Bilder zurück, mit einer Brutalität, die sie aufschreien ließ. Paul! Die Stunden im Auto. Paul war tot!
„Ist ja gut, bitte bleiben Sie liegen. Ich glaube, ich gebe Ihnen noch eine Beruhigungsspritze!"
Beruhigungsspritze?
„Nein!", schrie Johanna. „Keine Spritze! Ich bin schwanger, Sie dürfen mir nichts geben!"
Wieder wurde sie sanft zurückgedrängt. „Schwanger? Sind Sie sicher?"
„Ja!" Jetzt öffnete Johanna die Augen und sah einen Mann über sich gebeugt. Ihr linker Arm trug einen Riemen und der Mann hielt eine Spritze in der Hand.
„Wer … wer sind Sie? Was haben Sie mir da gespritzt?", fragte Johanna und die Panik ließ ihre Stimme flattern.
„Nur was für den Kreislauf, keine Angst. Das schadet werdenden Müttern nichts. Eine Ohnmacht ist auf jeden Fall gefährlicher! – Gestatten Sie, ich bin Dr. Grasser und Hauptkommissar Schmidl hat mich als Notarzt verständigt. Wie geht es Ihnen jetzt?"
Johanna versuchte in sich hinein zu hören. „Ich glaube, ganz gut", sagte sie.
„Versuchen Sie sich mal aufzusetzen und sagen Sie mir, ob Ihnen dabei übel wird", forderte der Arzt auf. Seine Stimme war angenehm. Es kam ihr vor, als spräche nicht ein fremder Arzt, sondern ein Vater zu ihr. Sie schaffte es, sich zu erheben. Alles blieb ruhig. Kein Karussell. Keine Übelkeit. Sie lächelte, versuchte es zumindest.
„Na bitte. Das sieht doch ganz gut aus", meinte Dr. Grasser. „Jetzt bleiben Sie noch fünf Minuten sitzen, bevor Sie aufstehen. Wenn Sie noch etwas brauchen, ich bin nur im Nebenzimmer und schreibe mei-

nen Kurzbericht. Alles klar?"
„Wo ist Herr Schmidl?"
„Das muss Sie jetzt nicht kümmern. Keine Angst, der läuft nicht weg. Er ist auch nebenan und muss Sie erst mal in Ruhe lassen", beruhigte Dr. Grasser.
„Wie geht es weiter mit mir? Ich muss das wissen!" Johanna fuhr hoch und bereute es sogleich. Alles drehte sich.
„Hören Sie, ich kann Sie auch in die Klinik einweisen! So viel ich mitbekommen habe, wird bereits in alle Richtungen ermittelt. Also warten Sie bitte ab!", forderte der Arzt auf.
Johanna biss auf die Lippe und schwieg. Hoffentlich wurde alles gut! Sie schloss die Augen, hörte wie Dr. Grasser den Raum verließ, hörte Stimmen und ein Telefon. Von draußen ertönte eine Sirene, die bald darauf abbrach. Irgendwann lief jemand mit eilenden Schritten den Gang entlang und ein Stuhl wurde über den Boden gezogen. Es waren fremde Geräusche und doch kam es Johanna vertraut vor. Wie viel Zeit war inzwischen vergangen? Sie saß einfach nur da und schaffte es nicht, die Augen zu öffnen.
Sie fühlte plötzlich eine Wärme in sich, als säße sie an einem kalten Winterabend in einem wohligen Raum, direkt am Kaminfeuer, eine Tasse heißen Tee in der Hand und die andere Hand hielt jemand. Jemand, der ihr mehr als vertraut war, den sie über alles liebte. Ihre Hand wurde warm und wärmer und … Jemand strich mit einem Mal sanft über ihren Handrücken.
Florian?
Johanna riss die Augen auf. Starrte ihre Hand an und die Hand dessen, in der die ihre ruhte. Sah den Menschen an, der vor ihr stand, als sähe sie ihn zum ersten Mal.
Florian!
„Du bist es?", hauchte sie. Ihr Herz schlug erst gar nicht, dann raste es los, als befände sie sich mitten in einem Wettkampf. Wo kamen plötzlich all die Sandkörner her, die ihre Augen quälten?
„Hallo Liebes!", sagte Florian leise. „Was machst du immer nur für Geschichten?" Er lächelte, doch die Leichtigkeit in seiner Stimme war gespielt, die Tonfarbe fremd und das Lächeln erreichte seine Augen nicht. Florian sah um Jahre gereift aus. Die Wangen und die Farbe seiner

Haut wirkten so, als hätte er mit einer schweren Krankheit gekämpft. Johanna erschrak. Und das alles wegen ihr!
„Paul hat ... Paul ist ...", versuchte sie zu erzählen, doch ihre Stimme brach ein wie das dünne Eis eines Baches in der Frühlingssonne.
„Sssscht! Sei still, ich weiß! Es ist vorbei!", sagte Florian. Da endlich nahm er sie in den Arm und wiegte sie wie ein kleines Kind, das nachts von einem Albtraum erwacht war.
Johanna wollte stark sein. Doch da war etwas in ihr, das stärker war. Ein Druck, so gewaltig wie Magma unter dünner Erdkruste.
Es musste raus. Sie fing an zu schluchzen und presste ihr Gesicht an seinen Hals. Es tat so gut, nach allem, was sie erlebt hatte.
Da fühlte sie plötzlich, dass auch seine Schultern bebten. Weinte er? Johanna schluckte und drückte sich sanft von ihm weg, versuchte in sein Gesicht zu sehen. Er drehte sein Gesicht zur Seite, wischte sich mit dem Handrücken über die Augen und sah sie an. Sein Blick spiegelte den Schmerz in seiner Seele. „Ich hatte solche Angst um dich!", flüsterte er. „Ich dachte, diesmal verliere ich dich endgültig. Ich ... ich hätte es nicht überlebt! Ich wollte dich doch immer beschützen!" Er fing an zu schluchzen und rieb sich so energisch die Augen, als wollte er die Tränen beseitigen, bevor sie ihren Weg nach draußen fanden.
„Du musst dich nicht schämen. Ich mag Männer, die sich weinen trauen!", sagte sie leise und auf einmal versiegten ihre Tränen. Sie sah ihn zärtlich an. „Du bist doch mein Ritter, mein Retter!"
Er schüttelte den Kopf. „Das bin ich eben nicht! Ich komme immer zu spät! Diesmal zumindest. Du hättest tot sein können!"
Johanna lächelte und ihr Körper wurde von so einer gewaltigen Zärtlichkeit geflutet, dass sie am liebsten laut geschrien hätte. „Aber ich lebe und jetzt bist du da. Du hast uns gefunden!"
Er drückte sie ein bisschen von sich weg und sah sie besorgt an. „Wieso uns? Geht es dir gut?", fragte Florian.
„Ja, weil du da bist, geht es mir gut. Und dem Baby glaube ich auch!", sagte sie und sah ihn voller Erwartung an.
Ihre Worte hingen in der Luft wie ein Bund Geburtstags-Luftballons. Bunt. Verlockend. Man musste nur zugreifen. Er starrte sie an, lange. Zu lange. Freute er sich gar nicht?
„Was sagst du da?", fragte Florian schließlich, die Stimme ohne Ton.

„Du bekommst ein Baby? Unser Baby?“
Sie packte sein Ohrläppchen und drehte es grob herum. „Was glaubst du, du Blödmann!“, fuhr sie hoch und musste doch lachen.
Er packte sie und drückte sie für einen Moment so fest, dass sie keine Luft mehr bekam. „Ein Baby. Wir bekommen ein Baby! Ich kann es nicht glauben“, rief er. „Ist wirklich alles in Ordnung mit dir?“
„Ja!“, sagte Johanna. „Wenn wir jetzt noch klären könnten, dass ich keinen Mord begangen habe, sondern das eigentliche Opfer bin. Ich möchte so gerne nach Hause fahren!“
Florian drückte sie erneut an sich. Er küsste ihre Stirn, ihre Augen und schließlich fanden sich ihre Lippen. Sie pressten sich aneinander, als seien sie Schiffbrüchige, die auf einer schmalen Holzplanke Schutz suchten.
„Dafür bin ich doch da, um dich nach Hause zu holen!“, sagte er atemlos. „Eigentlich wollte ich dich mit roten Rosen überraschen.“
„Rote Rosen? Wieso, ich hab doch gar nicht Geburtstag“, flüsterte sie.
„Ich weiß. Aber ein Mann, der eine Frau fragt, ob sie für immer bei ihm bleiben will, der bringt doch rote Roten. Das ist das Mindeste. Also, wenn man fragt, ob … Willst du meine Frau werden, Johanna? Bitte sag‘ ja! Ich liebe dich! Und ich will dich nie, nie wieder verlieren!“ Er sah sie an und da war wieder diese kleine Falte neben seinem linken Mundwinkel und das Verletzliche in seinem Blick, das ihr jedes Mal etwas in der Seele zerschnitt. Endlich fragte er sie! Endlich! Doch hier, in dieser skurrilen Lage, auf einem Polizeirevier und als Verdächtige? Sie sah sich um. Sah die kahle Einrichtung aus einem schäbigen Tisch und zwei abgestoßenen Stühlen, das kalte Licht und die unbequeme Liege, auf der sie saß. War das eine passende Umgebung für einen Heiratsantrag? Eigentlich nicht. Aber es war egal, so egal! Ihr war, als stünde sie in einem von Kerzen erleuchteten Ballsaal, in einem Kleid aus edler Seide. Ihr Herz war prall vor Freude und Wärme.
Sie fing an zu lachen. Lachte und konnte nicht mehr aufhören damit. Als würde sie dieses Lachen von allem befreien, was die letzten tragischen Stunden auf sie niedergeprasselt war.
Prompt verstand Florian ihr Lachen falsch. „Was ist daran so lustig? Möchtest du mich nicht heiraten?“, fragte er pikiert.
„Doch!“, beeilte sie sich zu sagen. „Doch, es ist nur … Weißt du, wie

lange ich auf diese Frage warte? Und jetzt, heute und hier fragst du mich?"
„Ich wollte es längst tun. Aber, wir haben uns immer gestritten. Und ich war verunsichert, wegen Leon Neumeier. Das hat mich wirklich ausgehebelt."
Leon! Ob er noch in München war? Was er von ihr dachte? Johanna tat er für einen Moment lang leid. Doch er war im Moment so weit von ihr entfernt, wie eine ferne Galaxie. Sie zog Florian zu sich heran und küsste ihn stürmisch.
„Ja, ich will!", sagte sie leise, aber mit fester Stimme.
Florian zog sie wieder eng an sich heran und erwiderte ihren Kuss.
Jemand räusperte sich und klopfte an den Türrahmen.
„Darf ich kurz stören?"
Beide drehten die Köpfe und sahen Hauptkommissar Schmidl.
„Könnten wir jetzt die Einzelheiten klären? Dann dürften Sie Frau Brandner eventuell noch heute Abend mit nach Hause nehmen!", sagte er.
„Nichts lieber als das!", antwortete Florian.

Als schon längst der nächste Morgen hereingebrochen war, befanden sich Johanna und Florian auf dem Heimweg. Sie schlief auf dem Beifahrersitz und er hatte das Radio ausgeschaltet, um ihren Atemzügen zu lauschen. Es war wie Musik in seinen Ohren. Mehr noch, mit jedem Meter, den sie sich fortbewegten, fühlte er sich wacher und lebendiger als je zuvor. Er wurde Vater! Und Johanna würde seine Frau werden. Er wollte seine kleine Familie beschützen und immer für sie da sein. Nie und nimmer würde er es zulassen, dass sie jemand bedrohte.
Er lächelte, als er sich daran erinnerte, wie er sie vor wenigen Stunden gefragt hatte, ob sie seine Frau werden wollte. Es war schon sehr eigen, so eine wichtige Frage an einem so ungewöhnlichen Ort zu stellen. Doch wann und wo, wenn nicht dort, hätte er fragen sollen? Es war richtig gewesen. Und da er selbst zur Kriminalpolizei gehörte, eigentlich doch nicht so abwegig.
Zum Glück konnte geklärt werden, dass Paul Gschwender aus der Buchwald-Klinik ausgerissen war und Johanna in seine Gewalt gebracht hatte. Die erste Entführung vor zwei Jahren belastete zudem. Leon Neumeier hatte in seiner Verzweiflung in München Vermisstenanzeige gestellt, nachdem Johanna auch im Hotel nicht eingetroffen und per Handy nicht zu erreichen gewesen war.
Johanna hatte die Odyssee über nächtliche Landstraßen geschildert und auch den Kampf um die Waffe. Eine Obduktion von Pauls Leiche wurde angeordnet, um anhand des Einschusswinkels die Aussage zu bekräftigen.
So fuhr Florian durch die Nacht und eigentlich viel zu schnell für den dichten Schneefall. Doch er fühlte sich so sicher, als hätte er einen Schlitten zu steuern, in dem das Christkind höchstpersönlich saß.

Als Werner Kremmel am nächsten Morgen Xaver Groß im Hotel „Zur Post“ antraf, saßen die letzten Gäste noch beim späten Frühstück.
„Oh, der Seniorchef selbst an der Rezeption?“, grüßte Kremmel.
„Was ist daran so ungewöhnlich? Man merkt, dass Sie kein Hotelier sind. Außerdem muss jemand meinen Schwiegersohn ersetzen“, brummte Groß. Dann tippte er weiter in der Buchungsliste und tat so, als existiere Kremmel nicht.
Dieser ließ sich nicht aus der Ruhe bringen. „Da haben Sie recht! Trotzdem muss ich Ihre kostbare Zeit stehlen. Wir müssen uns über einiges unterhalten.“
„So? Das meinen auch nur Sie. Kommen immer und machen sich wichtig. Und was bringt es? Nichts! Sieht man an der Theaterprobe gestern!“ Xaver Groß blickte dem Hauptkommissar ins Gesicht wie eine angriffslustige Kobra, die nur noch einen winzigen Reiz benötigte, um zuzubeißen.
Werner Kremmel hatte gute Laune. Er hatte noch in der Nacht von Florian Wallner erfahren, dass Johannas Entführung ein glückliches Ende genommen hatte. Tragisch waren die Umstände um Paul Gschwenders Tod, obgleich er mehr bedauerte, dass Johanna verwickelt war und sicher noch lang mit den traumatischen Erinnerungen zu kämpfen hatte. Und nun, er fühlte es, stand er kurz davor, die letzten Mordfälle zu lösen. Da konnte ein bärbeißiger Senior sein Hochgefühl nicht schmälern, schon gar nicht, da er am Sonntag eine Verabredung mit Sabine hatte.
„Frage ich halt konkreter, Herr Groß. Was hatten Sie, wenige Minuten bevor Max Hirzer vom Balkon stürzte, mit ihm zu besprechen? Frau Hirzer hat sie in der Kurklinik Bavaria gesehen, wie auch zwei andere Zeugen!“
„So, die wollen mich gesehen haben!“, brummte Groß und verschränkte die Arme. „Interessant!“
„Richtig. Überhaupt, wenn ich bedenke, dass Sie wahrscheinlich der Letzte waren, der Hirzer lebend gesehen hat. Theoretisch und praktisch müssten Sie dann erklären können, wie Hirzer über die Brüstung gelangt war. Vielleicht, weil Sie nachgeholfen haben?“
Kremmel hob die Augenbrauen und lächelte Groß an, als habe er ihn eben wegen des ausgezeichneten Hotelservices gelobt.

Xaver Groß sprang von seinem Stuhl hoch wie ein Kistenkaspar, nachdem man die Schachtel geöffnet hatte. „Ich hab diesen Nichtsnutz nicht umgebracht. Das hat der schon selber gemacht und unrecht war's nicht! Passen'S auf, wen Sie verdächtigen, Herr Kommissar."
„Hauptkommissar. Aber keine Ursache. Dann erklären Sie mir doch, was vorgefallen ist und beseitigen Sie meinen Verdacht!", forderte Kremmel auf und fischte ein Bonbon aus der Jackentasche. Xaver Groß winkte ihn ins Büro. „Hier kann nicht jeder mithören", murmelte er und schloss die Türe hinter Kremmel. „Also, es stimmt, dass ich mit Max Hirzer gesprochen habe. Ich verbat mir ausdrücklich jede weitere Erpressung! Hirzer hatte mich verdächtigt, dass ich meinen Schwiegersohn umgebracht habe und er glaubte Beweise zu haben, die er der Polizei mitteilen wollte. Damit er das nicht täte, wollte er Geld sehen. Und das nicht wenig! Dieser Idiot! Gar nichts wusste der!", rief Xaver Groß und fuhr sich mit den Händen durchs schüttere Haar. „Ich kann besten Gewissens sagen, dass ich Sebastian Markl nicht umgebracht habe. Deshalb musste ich mich auch nicht von einem Spieler erpressen lassen. Dass er vor Schulden nicht mehr ein noch aus wusste, erweckte kein Mitleid in mir. Wenn er gefragt hätte, ob ich ihm helfen kann, vielleicht. Aber so? Nein – ich bin in die Kurklinik gefahren, um dem Verlierer mal endlich meine Meinung zu sagen. Gewinselt hat der, wie ein alter Dackel! Er wäre selbst erpresst worden von einem Geldeintreiber! Und als er nicht mehr wusste, wo er noch Geld zum Leben hernehmen soll, hat er sich vorgenommen, die Raiffeisenbank zu überfallen. Mei, so a Depp! Die eigene Bank überfallen! Und da hat er zufällig den Danvac gesehen, seinen Peiniger, den Geldeintreiber, und hätte abgedrückt, ohne nachzudenken. Dabei wollte er doch bloß mit der Waffe drohen und niemanden erschießen!"
„Das alles hat Ihnen Max Hirzer erzählt? Sie wussten also seit diesem Tag, dass Hirzer die Bank überfallen und Danvac niedergeschossen hat?", fragte Kremmel.
Xaver Groß verzog den Mund und sah betreten zu Boden. „Ja, habe ich. Hätte ich sagen müssen, ich weiß. Aber ich habe mir solche Sorgen um meine Tochter gemacht, dass ich zu beschäftigt war. Der Hirzer, das war doch bloß ein Loser!"
„Wissen Sie noch mehr von Mladen Danvac? Er muss doch Auftraggeber gehabt haben?", wollte Kremmel wissen.

Groß schüttelte den Kopf. „Nein, mit so einem Abschaum hab ich nichts zu tun. Das ist wirklich alles, was ich weiß. Ich habe dem Hirzer in der Klinik klipp und klar gesagt, dass ich mich nicht erpressen lasse, sondern lieber zur Polizei gehe, wenn er mir noch einmal unter die Augen tritt. Ich habe ihm eh' ein falsches Zeugnis ausgestellt, dass er woanders überhaupt noch eine Chance hat. Das war mehr, als er verlangen konnte. Und dann bin ich gegangen. Ehrlich, er lebte noch. Deppert g'schaut hat er, aber gelebt! Das müssen Sie mir glauben!" Groß legte seine rechte Hand in Höhe des Herzens auf die Brust.
„Welchen Eindruck machte Hirzer auf Sie, als Sie gingen? Halten Sie es für möglich, dass er Selbstmord beging?", fragte Kremmel.
Xaver Groß zuckte die Schultern. „Das ist gut möglich. Wir standen in einem Aufenthaltsraum, der über einen Balkon verfügte. Ich hätte dieses Mannsbild doch auch gar nicht über die Brüstung hieven können, bei meinem Rheuma! Und ich beschmutze mich nicht mit einem Mord!"
„Und Sie wissen nicht zufällig, was mit Ihrem Schwiegersohn geschah? Haben Sie da auch etwas verschwiegen?", bohrte Kremmel nach.
„Nein! Ich weiß nichts und ich war's nicht. Und meine Tochter auch nicht! Das ist Ihr Job!", rief Groß.
„Wie geht es Ihrer Tochter?"
„Den Umständen entsprechend gut. Sie strukturiert den Hotelbetrieb um und wird einen Geschäftsführer einstellen. Alle anderen Wunden müssen heilen", meinte der Seniorchef.
„Für heute habe ich keine Fragen mehr. Zeigen Sie mir bitte das Besprechungszimmer in der Klinik. Ich werde dann mit der Spurensicherung abklären, ob es sich um einen Selbstmord gehandelt haben kann", sagte Kremmel.
„Darauf können Sie Gift nehmen!", spuckte Groß aus.
„Ein anderes Mal, vielleicht!", raunte Kremmel. „Ich würde gerne noch mit Ihrer Tochter sprechen! Es dauert nicht lange."
Groß, der schon an der Türe stand, drehte sich um und sah ihn streng an. „Das will ich hoffen! Sie hatte genug zu leiden! Aber ich werde Sie holen. Warten Sie hier!"
Es dauerte keine zwei Minuten, da stand Laura Groß-Markl im Raum. Sie trug einen schwarzen Hosenanzug und war perfekt geschminkt.

Trotz ihrer zarten Gestalt war es, als erfülle sie den ganzen Raum. „Konnten Sie Details klären?", fragte sie statt einer Begrüßung.
„Guten Morgen, Frau Groß-Markl!", sagte Kremmel. „Wir sind dabei, wie Puzzlespieler. Leider verstecken manche, wie eben Ihr Vater, wertvolle Teile, so dass wir länger grübeln als nötig. Deshalb wollte ich Sie fragen, ob Sie auch erpresst wurden?"
„Von wem?"
„Das frage ich ja gerade Sie!"
„Nein!", sie griff sich an das Revers ihrer Jacke, als prüfe sie, ob die Edelsteinbrosche noch säße. „Nein, mich hat niemand erpresst!"
„Und ist Ihnen noch eingefallen, dass Sie jemanden vergessen haben? Ich meine eine Dame, die noch ins Notizbuch müsste?"
Sie strich eine Haarsträhne hinters Ohr. „Nein, auch nicht!"
„Wissen Sie, dass Tanja Hirzer ein Baby von Ihrem Mann erwartet?"
Laura Groß-Markl starrte ihn an. Sie wusste es nicht! Langsam streckte sie die Hand aus und hangelte nach einem Stuhl, auf den sie sich wie in Zeitlupe niedersetzte. „Dieses Miststück!", flüsterte sie. „Wie hat sie das nur geschafft?"
„Was geschafft? Ihren Mann zu …?", Kremmel suchte nach Worten.
„Schwanger zu werden!", keifte Laura. „Mir ist es nie gelungen. Ich habe es jahrelang vergeblich versucht! Wissen Sie überhaupt, wie das ist, wenn man sich ein Baby wünscht und es will und will nicht klappen? Aber nein!" Sie winkte ab. „Woher sollen Sie das wissen. Sie sind ein Mann!" Sie schwieg abrupt und hielt die Hände vors Gesicht.
„Ich glaube, das muss ich mir vorwerfen lassen!", meinte Kremmel. „Ich habe leider keine Kinder und heute bereue ich das."
„Ja, aber!" Laura sah ihn vorwurfsvoll an. „Sie könnten heute immer noch, wenn Sie nur wollten. Bei uns Frauen ist das anders, da schreibt die Natur Grenzen vor. Also sagen Sie nichts zu diesem Thema, Sie haben ja doch keine Ahnung. Wissen Sie, wie sehr ich fixiert darauf war, ein Baby zu bekommen? Meine Ehe ging daran kaputt! Ich muss mir vorwerfen, meinen Mann in die Arme anderer Frauen getrieben zu haben. Gut, er hat übertrieben. Aber er suchte wohl eine entspannte Atmosphäre."
Kremmel zuckte die Schultern. „Darüber kann ich nicht urteilen. Aber ich muss den Mörder oder die Mörderin finden. Und Sie sollten mir dabei helfen, wenn Sie einen Verdacht haben."

Laura Groß-Markl stand auf und nahm wieder jene würdige Haltung an, die sie vor wenigen Minuten gehabt hatte. „Jede könnte es sein! Jede, die in dem Buch steht! Ich weiß, dass mich mein Mann geliebt hat und wenn eine behauptet, Sebastian hätte ihr die Ehe versprochen, dann lügt sie wie gedruckt! Und dieses Kind, das war bestimmt ein Versehen und nicht gewollt von meinem Mann!“
Kremmel schwieg, er fand, es stand ihm nicht zu, sich zu diesem Thema zu äußern.
Laura Groß-Markl sah ihn herausfordernd an. „Bitte finden Sie die Mörderin meines Mannes!“
Kremmel versuchte zu lächeln. „Ich gebe mir Mühe!“, versprach er.

Als er das Hotel verließ und zu seinem Wagen ging, sah er, wie dicht neben seinem Audi ein schwarzer Porsche Cayenne hielt.
Ein Mann stieg eilig aus.
„Ah, guten Morgen Herr Aigner!“, rief Kremmel. „Ich hoffe, Sie kochen besser, als Sie einparken!“
Christian Aigner blieb stehen und drehte seinen Kopf so, dass er Kremmel sehen konnte. „Ach, der Herr Kommissar! Morgen. Hab's eilig, muss in die Küche. Sie sind doch schlank, Sie passen schon noch ins Auto!“
„Das ist ziemlich dreist! Bitte parken Sie Ihr Auto anders!“, forderte Kremmel auf.
Ohne eine Miene zu verziehen, drehte sich Aigner um und rangierte den Wagen. „Zufrieden?“, fragte er frech. „Ich muss jetzt an den Herd!“ Mit zackigen Schritten entfernte sich der Chefkoch.
Als Werner Kremmel im Büro ankam, saß Florian Wallner schon an seinem Schreibtisch. Kremmel ging auf ihn zu und streckte die Hand aus. Florian stand auf und schlug ein. Da klopfte ihm Kremmel an die Schulter. „Gut gemacht, Florian! Wie geht es Johanna?“
Florian strahlte. „Gut, danke. Sie wollte heute unbedingt ins Büro, obwohl ich gerne gehabt hätte, dass sie in ihrem Zustand zu Hause bleibt und sich ein paar Tage erholt.“
„Ihr Zustand? Ist sie doch verletzt worden?“
„Sie ist schwanger. Wir bekommen ein Baby!“, sprudelte Florian hervor und strahlte übers ganze Gesicht.

Kremmel klopfte auf Florians Schulter, als hätte er sich verschluckt und müsste von einem Fremdkörper befreit werden. „Gratuliere! Junge, da gibt es was zu feiern! Ich freue mich für euch!“ Spontan drückte er seinen jungen Kollegen an sich.
„Darf ich mitkuscheln?“, fragte Gabi, die eben lautlos ins Büro eingetreten war.
Als wären sie ertappt worden, drehten sich die Männer um.
„Unsere Gabi!“, rief Kremmel. „Bestimmt wird sie auch bald eine hübsche Mama!“
Gabi sah ihren Chef an, als sei er nicht mehr zurechnungsfähig. „Wenn es an der Zeit ist, bist du einer der ersten, der es erfährt!“, versprach sie schlagfertig. „Jetzt interessiert dich sicher mehr, dass ein Zeuge, der am Tatabend nicht schlafen konnte und nachts mit seinem Hund spazieren ging, vor der Villa der Markls einen schwarzen Porsche Cayenne gesehen hat. Er konnte sich die Nummer deshalb merken, weil ihn der Wagen ein paar Tage davor auf der Landstraße zuerst bedrängt und dann so überholt hatte, dass er gezwungen war, abzubremsen. Der Zeuge heißt Fritz Niedermeier und steht für weitere Fragen zur Verfügung. Und was noch viel schöner ist: Die Autonummer passt zu einem Wagen aus dem Kreis unserer Verdächtigen! Bingo! Es ist Christian Aigner, der Koch!“ Gabi sah von Kremmel zu Florian und wartete deren Reaktion ab.
Werner pfiff durch die Zähne. „Sieh an, was Gabi Schönes daher bringt! Der Chefkoch mit seinem Protzauto. Der hatte mich doch vor knapp einer Stunde ziemlich zugeparkt, ohne ein schlechtes Gewissen zu haben. Gerne mit mir sprechen wollte er offensichtlich nicht. Er scheint seine Gründe zu haben. Ob er bei Markl die Messer gewetzt hat? Dann wollen wir ihn mal in seiner Küche besuchen. Florian, bist du bereit?“
„Nur zu gerne!“, antwortete er.
„Wer oder was hat dir denn das Dauergrinsen eingefräst?“, fragte Gabi und sah Florian keck an.
„Keine Angst“, meinte Kremmel trocken. „Das vergeht von selbst, wenn unser Jungvater erst mal einige Nächte durchwacht hat.“

Johanna klopfte an das Vorzimmer von Leon Neumeier. Sie war so nervös, als stellte sie sich zum ersten Mal vor. Die Chefsekretärin sah kurz vom Bildschirm weg. „Ist Herr Neumeier da?", fragte Johanna.
„Ja, gehen Sie rein!", sagte sie knapp.
Erneut klopfte Johanna an und trat ins Chefzimmer. Noch bevor sie etwas sagen konnte, federte Leon Neumeier von seinem Stuhl hoch und kam auf sie zu. „Johanna! Wie schön dich zu sehen! Was ist da nur Verrücktes passiert? Ich habe von der Polizei erfahren, dass du entführt wurdest. Es hat mich fast wahnsinnig gemacht, dass ich nicht helfen konnte! Komm, bitte setz dich!" Er zog sie zu dem Besprechungstisch. Unsicher nahm Johanna Platz und registrierte, dass Leon sie voller Erwartung ansah. „Es tut mir leid, dass du meinetwegen so viel Unannehmlichkeiten hattest", begann sie.
„Unannehmlichkeiten?", unterbrach er sie sofort. „Du wurdest entführt! Da habe ich doch nichts zu klagen!" Er legte eine Hand auf ihren Arm. „Wie geht es dir? Du bist sehr blass. Kann ich irgendetwas Gutes für dich tun? Wir müssen in Ruhe reden. Am liebsten würde ich mir den ganzen Tag dazu Zeit nehmen. Aber es ist gerade ganz schlecht. Möchtest du heute Abend …"
„Leon!", unterbrach Johanna und ihr Herz klopfte bis zum Hals.
„Ich bin schwanger! Und ich werde heiraten!" Jetzt war es raus, direkt und vielleicht brutal offensiv, doch es schaffte eine Klarheit, die er verdiente. Sie sah ihm direkt in die Augen und bemerkte das winzige Zucken in seinen Augenwinkeln. „Es tut mir leid!", fügte sie hinzu. „Und ich habe mich sehr darüber gefreut, dass du mir deine Gefühle eingestanden hast. Zu einer anderen Zeit wäre ich darüber sehr glücklich gewesen. Glaube mir, ich mag dich, ich schätze dich, aber ich liebe einen anderen Mann! Wenn du es wünschst und es für unser Arbeitsverhältnis wichtig ist, kehre ich gerne zum formellen Sie zurück."
Es war mit einem Mal still im Raum. So still, dass Johanna das leise Rauschen des Computers hören konnte.
Da nickte er endlich und Johanna fasste es mit leichter Enttäuschung so auf, als wolle er ihren Vorschlag annehmen. „Ich hatte es befürchtet!", flüsterte er. „Es wäre zu schön gewesen! Aber nein – zum Sie müssen wir nicht zurückkehren. Es sei denn, du wünschst es ausdrücklich!" Er lächelte sie an, so unsicher wie ein Erstklässler an seinem ersten Schultag.

„Nein, es ist schön! Ich freue mich!", beeilte sich Johanna zu sagen.
Er zog die Hand weg und hatte sich scheinbar wieder gefasst. Sein Lächeln war so charmant und professionell, wie Johanna es kannte.
„Schade. Wie du sagst, zu einem anderen Zeitpunkt, an einem anderen Ort, hätte es vielleicht geschehen können, dass aus uns … Naja, lassen wir es. Ich gratuliere zur Schwangerschaft. Geht es dir gut?"
Johanna war so aufgewühlt, dass sie nur nicken konnte und keine Worte fand. Trotzdem bat Leon Neumeier sie, von den Vorfällen in München zu berichten. „Ich möchte es gerne verstehen. Wie du dir vielleicht vorstellen kannst, saß ich wie ein Teddybär, den keine haben will, auf meinem Stuhl im Hackerhaus und wartete darauf, dass du zurückkommst."
„Ich muss lachen, so wie du es sagst!", sagte Johanna. „Aber du musst wissen, dass es nicht zum Lachen war, sondern todernst. Dabei tut es mir trotzdem sehr leid, wie sich alles entwickelt hat!"
Da fing sie an zu erzählen und Leon hörte die ganze Zeit zu. Er wirkte immer betroffener und unterbrach sie kein einziges Mal.
„Mir hat es leid zu tun!", sagte er leise und seine Stimme war so dünn wie ein Pergament, das einzureißen drohte. „Du warst sehr tapfer. Ich wünschte, ich wäre an deiner Stelle gewesen und ich hätte dir alles abnehmen können. Jetzt würde ich dich am liebsten in die Arme nehmen. Doch ich fürchte, es steht mir nicht zu. Es bleibt mir nur, dir alles Gute zu wünschen und zu sagen, dass ich mich auf die weitere Zusammenarbeit freue." Er sah sie an, durchdringend, so als würde er sich von ihr verabschieden. Plötzlich erhob er sich und streckte ihr eine Hand entgegen. „Wenn ich etwas für dich tun kann, lass es mich wissen!"
Johanna nickte und schlug ein. Einen Augenblick lang hielt er ihre Hand, dann sagte er mit sicherem Tonfall: „Morgen Nachmittag findet eine Besprechung zu unserer Marketing-Aktion statt. Du bekommst noch eine Einladung per Mail. Es wäre schön, wenn du dir Gedanken machst und die Ergebnisse der Besprechung von München noch einmal aufbereitest. Danke!"
Johanna zog den Bund ihres Strickpullis einen Zentimeter weiter über die Hüfte und straffte sich selbst mit dieser Bewegung.
„Das mache ich gerne!", antwortete sie und ging aus dem Zimmer ohne sich noch einmal umzudrehen.

„Sie schon wieder?“, fragte Xaver Groß, als er Werner Kremmel und Florian Wallner erblickte. „Haben Sie mal wieder etwas vergessen zu fragen?“
„Wir möchten gar nicht zu Ihnen. Ihren Koch, Herrn Aigner, hätten wir gerne gesprochen. Ist er in der Küche?“, fragte Kremmel.
„Das will ich hoffen! Stören Sie ihn nicht zu lange. Wir haben heute Abend eine große Weihnachtsfeier mit über 60 Gästen zu verköstigen. Bitte beeilen Sie sich!“, brummte der Seniorchef.
„Das hängt auch ein bisschen von Herrn Aigner ab“, wandte Florian ein.
„So gehen Sie schon!“
Als die beiden Kommissare in die Küche traten, herrschte emsige Betriebsamkeit. So viel Personal hinter den Kulissen einer guten Küche! Es roch verführerisch nach Gebäck und Kremmel war sich sicher, den Duft von gebratenem Wild wahrzunehmen. Er schluckte und stieß beinahe mit dem Lehrjungen Marko zusammen. „Wo ist Herr Aigner?“, fragte Kremmel.
„Dort hinten, er ist gerade beim Tranchieren“, gab der Junge Auskunft. Da erblickte Kremmel den Chefkoch und rief: „Ah, riecht das lecker! Wie halten Sie das nur jeden Tag aus? Ich würde hier dick und fett werden.“
Christian Aigner hielt in seiner Bewegung inne. Er legte das Tranchiermesser zur Seite und wischte seine Hände ab. „Man gewöhnt sich daran. Und ich darf hier gar nichts essen, das wäre Mundraub. Müssten Sie doch wissen, Herr Hauptkommissar. Soll ich Ihnen wieder beim Ausparken helfen?“
Kremmel lachte. „Nein, aber Sie könnten mir meine Frage beantworten, die da wäre, was Sie mitten in der Nacht vor die Villa Ihres Chefs geführt hat. Es war zufällig die Nacht, in der Herr Markl ermordet wurde. Was können Sie mir dazu erzählen? Wollten Sie beim Chef einen Satz Messer ausleihen? Wie ich inzwischen weiß, ist dessen Privatküche exzellent ausgestattet.“
Reflexartig griff Aigner zum Tranchiermesser. Florian fixierte jede seiner Bewegungen.
„Ich bin ein freier Mann. Ich kann doch herumfahren und parken, wo ich will!“, presste Christian Aigner hervor.

„Das stimmt", meinte Kremmel. „Nur leider war das die Nacht, in der Ihr Chef ermordet wurde. Und Sie konnten bis heute nicht erklären, wo Sie zur Tatzeit waren. – Vielleicht, weil Sie es waren?"
Aigner warf das Messer auf das Kunststoffbrett, so dass der Fleischsaft spritzte. Erschrocken wandte sich die Beiköchin Carola Sanftl zu ihm um und ließ dabei fast die Schüssel mit blanchiertem Brokkoli fallen, die sie gerade transportierte. In einem großen Topf neben Florian köchelten Knochen und Gemüse vor sich hin. Es blubberte wie im Labor eines Zauberers. „Was Blöderes fällt Ihnen nicht ein? Wieso soll ich meinen Chef töten?"
Kremmel wiegte den Kopf. „Vielleicht, weil er sie entlassen wollte oder weil Sie Schulden haben? Spielen Sie nicht auch mit dem Glück?", bluffte er, einer plötzlichen Intuition folgend.
Aigners Blick flatterte. Er packte einen großen Löffel und rührte ungelenk in dem Suppenkessel neben Florian.
Volltreffer? Kremmel hakte nach. „So war es doch, nicht wahr? Und dann konnten Sie es sich nicht gefallen lassen? Bei den Schulden und bald ohne Job! Das konnten Sie sich doch nicht bieten lassen!" Kremmel trat einen Schritt auf Aigner zu. „Wurden Sie auch von Danvac bedroht? Und wer steckt dahinter? Eine Wettmafia in Passau? Wurden Sie bedroht?"
Aigner wich zurück wie eine Ratte, die vom Feuer in die Enge getrieben wurde. „Ich weiß nicht, was Sie meinen!", sagte er mit bemühter Ruhe. „Lassen Sie mich in Frieden!" Er zischte die letzten Worte wie eine Schlange, die blitzschnell zwischen zwei Felsen hervorstößt.
Florian fixierte das große Messer, weil er befürchtete, dass Aigner sie angreifen könnte. Doch im selben Moment trat dieser einen Schritt vor, packte den Suppenkessel an beiden Seiten und zog ihn mit aller Kraft von der Herdplatte herunter. Florian konnte sich gerade noch mit einem Satz zur Seite retten, um nicht von der kochenden Brühe getroffen zu werden. Einige Spritzer schwappten doch auf seine Jeans hernieder. Es war sehr heiß und Florian schrie auf: „Shit, ist das heiß!" Hätte er nicht so schnell reagiert, wären seine Beine verbrüht worden! In diesem Moment rannte Aigner auch schon los und stieß seine junge Kollegin zur Seite. Die Beiköchin Carola Sanftl taumelte und Kremmel fing sie auf, bevor sie zu Boden stürzte. Die Edelstahlschüssel

flog durch die Luft, ebenso unzählige Brokkoliröschen und tausende Wassertropfen. Es platschte wie bei Hagelschlag, als die Gemüseteile auf den Fliesenboden aufschlugen.
Aigner bahnte sich seinen Weg, schlug Haken wie ein Feldhase und stieß die Flügeltüren zu dem kleinen Gang auf, der zur Kühlung und zum Lieferanteneingang führte.
Florian lief ihm hinterher, rutschte auf dem nassen Fliesenboden aus, fing sich wieder und lief weiter. „Bleiben Sie stehen, Aigner!“, rief er und hörte, wie eine Eisentüre in den Rahmen donnerte.
Er rannte an der Türe zur Kühlung vorbei, auf die Eisentüre zu und riss sie auf. Florian sah gerade noch, wie Aigner seinen Wagen aufriss und sich eilends hinein setzten wollte. „Bleiben Sie stehen!“, schrie er und zog seine Dienstwaffe. „Ich schieße auf Ihre Beine!“
Davon unbeeindruckt, sprang Aigner in den Wagen, startete ihn und raste auf Florian zu. Der hechtete zur Seite und drückte dabei ab. Der erste Schuss traf einen Vorderreifen. Augenblicklich kam der Wagen ins Schlingern. Florian sprang erneut zur Seite und schoss ein zweites Mal. Das Projektil durchdrang die Scheibe der Beifahrerseite, drang durch den Baumwollkittel, die Haut und Muskulatur hindurch und blieb im rechten Schultergelenk stecken.
Aigner schrie auf und fasste mit der linken Hand auf die schmerzende Wunde, aus der sofort Blut herausquoll. Er ließ das Lenkrad los, verriss den Wagen und prallte ungebremst an die Hauswand des Hotels „Zur Post“. Der Motor des Porsche heulte erst auf und erstarb schließlich. Gleichzeitig gab es ein durchdringendes Geräusch, als Chrom, Glas und Blech beim Aufprall an der Hauswand zerbarsten. Der Airbag löste aus und Aigners Oberkörper wurde in dem ballonähnlichen Gebilde aufgefangen. Benommen blieb er vornübergebeugt liegen.
Florian rannte zur Fahrerseite, hielt die Waffe vor und riss die Türe auf. „Wieso laufen Sie weg, wenn Sie nichts zu verbergen haben?“, schrie er Aigner an und erschrak selbst über seine Wut. „Das wäre alles nicht nötig gewesen!“ Florian sah, dass nun auch Kremmel angerannt kam und ihm einige Küchenangestellte sowie Xaver Groß folgten.
Christian Aigner hob den Oberkörper leicht an und stöhnte. „Verpiss dich doch, du hast keine Ahnung!“, stieß er hervor und Florian wun-

derte sich, wie aggressiv der Koch trotz der Schussverletzung und des Unfalles noch war.
„Von was hat er keine Ahnung?“, fragte Kremmel, als er neben Florian heran trat. „Rufen Sie einen Krankenwagen!“, bat er Xaver Groß, der sich ebenfalls, jedoch deutlich vorsichtiger neben die beiden Kommissare wagte. Groß fischte sein Handy aus der Hosentasche. „Soll ich auch noch Ihre Kollegen von der Streife rufen?“
Kremmel nickte. „Und jetzt wird uns Herr Aigner erklären, was ihn veranlasst, sein Auto an der Hauswand zu schrotten. Wieso können oder wollen Sie unsere Fragen nicht beantworten? Vielleicht, weil Sie zugeben müssten, Herrn Markl in seiner Villa erstochen zu haben! War es Ihre Wut, weil er Sie entlassen wollte? Reden Sie!“
Kremmel packte den Verletzten unsanft an der Schulter ohne Schusswunde.
„Ah, sind Sie verrückt!“, schrie Aigner auf. „Dürfen Sie das überhaupt?“
Kremmel kniff die Augen zusammen. „Darf man jemanden umbringen? Fragen Sie sich das mal lieber. Und jetzt erzählen Sie lieber, was vorgefallen ist, vor allem, wenn Sie unschuldig sind!“
Christian Aigner wand sich vor Schmerz und Kremmel ließ es zu, dass er nach vorne sackte. Er stöhnte, holte tief Luft und sagte: „Also gut! Ich habe eh keine Chance mehr! – Ich war an dem Abend in der Villa. Ich stand erst mal nur davor und hatte so eine Wut im Bauch. Gerade als ich wieder fahren wollte, sah ich, wie eine Frau aus dem Haus gerannt kam. Sie war so in Eile, als wäre der Teufel hinter ihr her, dass sie nicht mal die Gartentüre schloss. Ich dachte mir, dass sie mal wieder eine seiner Weibergeschichten war und gerade eine Abfuhr erhalten hatte. Als die Frau weg war, stieg ich aus und ging in den Garten. Nach ein paar Metern sah ich, dass auch die Haustüre nicht verschlossen war.“ Er brach ab und stöhnte. „Scheiße tut das weh! Wann kommt der Arzt?“
„Ist schon unterwegs!“, sagte Florian. „Was geschah weiter?“
Christian Aigner lehnte sich zurück und holte wieder tief Luft.
„Ich weiß nicht, was in mich fuhr, aber ich ging wie hypnotisiert ins Haus rein. Es war alles dunkel, bis auf einen Lichtschein durch einen Türspalt. Und da fragte ich mich auf einmal, was ich da mache, was in mich gefahren ist. Ich stand da wie ein Einbrecher!“

Aigner stöhnte und sah Kremmel an wie ein Gestrandeter, der auf den ersten Ureinwohner traf. „Was glauben Sie, was die mit mir gemacht hätten, wenn er mich entdeckt hätte? Ich wär erledigt gewesen! – Au! Shit!"
In der Ferne hörte man das Martinshorn. „Da kommt schon Hilfe", sagte Kremmel. „Was passierte dann?"
„Dann? Na dann bin ich wieder nach draußen gegangen! Das müssen Sie mir glauben! Ich habe meinen Chef nicht umgebracht. Ich hätte ihn am liebsten vor Wut gepackt und durchgeschüttelt. Aber ich bin kein Mörder!"
„Und das soll ich Ihnen glauben, verdammt!", schrie Florian. „Wieso sind Sie abgehauen? Sie wollten mich überfahren! Ich musste Sie erst anschießen, damit Sie gebremst werden! Zum Kotzen ist das!" Florian kickte mit voller Wucht einen Stein weg.
„Ruhig, Wallner!", sagte Kremmel.
„Mann, verstehen Sie doch! Ich hatte Angst. Ich war in der Scheißvilla. Wie soll ich beweisen, dass ich den Markl nicht umgebracht habe?", winselte Aigner.
„In unserem Rechtsstaat ist es nun mal so, dass wir Ihnen die Schuld beweisen müssen und nicht umgekehrt. Bis es soweit ist, können Sie in Ruhe Ihren Arm auskurieren", meinte Kremmel.
„Jetzt musst du in die Klinik, Aigner! Du bist schon ein depperter Hund!", brummte Xaver Groß und kratzte sich hinterm Ohr. „Sakra, und heute Abend rücken so viele Gäste an! Ich muss sofort selbst in die Küche!" Und zu Werner Kremmel gewandt sagte er: „Nicht zu fassen! Wo soll ich jetzt auf die Schnelle einen Neuen herkriegen? – Kann ich jetzt gehen? Ich habe alle Hände voll zu tun!"
„Ja", sagte Kremmel. In diesem Moment fuhr der Notarztwagen in den Hof. Zu Florian gewandt sagte er: „Ich glaube, du kannst die Waffe jetzt wieder einstecken."
„Oh!", raunte Florian und schob die Waffe ins Halfter oberhalb des Rippenbogens.
„Reg dich wieder ab, es ist schon gut", lächelte Kremmel. „Hat man ja nicht alle Tage, soviel Übles in unserer schönen Stadt, nicht wahr?"

Am Nachmittag fand sich Xaver Groß wie vereinbart zum Ortstermin

in der Kurklinik ein. Er war grau im Gesicht und sichtlich nervös. „Ich muss gleich zurück ins Hotel! Heute Abend werde ich zwischen Küche und Service hin- und herpendeln, wenn nichts schiefgehen soll! Sie haben keine Ahnung, wie viel Stress das bedeutet, das ist hart verdientes Geld!"
Werner Kremmel nickte zustimmend. „Ich glaube es Ihnen gerne. Trotzdem müssen wir das hier über die Bühne bringen. Bitte zeigen Sie mir genau das Zimmer, in dem Sie mit Max Hirzer gesprochen haben. Nur so können wir eine Analyse vornehmen, ob Hirzer von hier aus gefallen ist und den Balkon auf Spuren untersuchen. Die Zeugin wusste in ihrer Aufregung leider nicht mehr, auf welchem Stockwerk sie ein oder sogar zwei Männer gesehen hatte!"
Xaver Groß zerrte an seinem Halstuch, das im Revers des Lodenmantels steckte. „Verstehe, verstehe! Es war im fünften Stock. Gehen wir schon!"
Werner Kremmel winkte Bernd Schneider und dessen Kollegen herbei. „Geht zu, wir kommen nach! Wir müssen noch die Ausrüstung aus dem Wagen holen!", rief Bernd.
Da blieb Kremmel plötzlich stehen und schlug sich mit der Hand an die Stirn. „Fast hätte ich es vergessen! Bernd, ihr müsst Frau Markl noch bitten, uns das Spickmesser zur Untersuchung zu überlassen. Wir müssen die Aussage von Claudia Kainzinger überprüfen!", rief er.
Bernd hielt in seiner Bewegung inne. „Na, hoffentlich ist das zwischenzeitlich nicht in der Spülmaschine gewesen!"
Da grunzte Xaver Groß neben Kremmel und lächelte milde. „Da müssen Sie, glaube ich, keine Angst haben. Meine Tochter ist keine leidenschaftliche Köchin, zu meinem großen Bedauern. Sie hätte Talent, schließlich habe ich sie ja zu einer Lehre gedrängt. Aber sie mag einfach nicht!"
„Naja, ich esse auch lieber, als dass ich koche", versuchte Kremmel zu scherzen.
„Sie haben auch kein Hotel zu vererben, Sie Spaßvogel. Nein, Sie haben wirklich keine Ahnung, was alles dran hängt!", brummte Groß.
„Mag sein!", erwiderte Kremmel. „Aber ich weiß, was alles an Ihrer Aussage hängt. Nur so zum Beispiel. Es geht darum, ob es Selbstmord war oder noch ein Mörder gesucht werden muss. So ganz aus dem Schneider sind Sie noch nicht!"

„Komme ja schon!", rief Bernd Schneider, der sich angesprochen fühlte.
„Der Herrgott weiß, dass ich unschuldig bin!", beharrte Groß.
Werner Kremmel seufzte. „Lassen Sie uns nach oben gehen!"

An diesem Nachmittag konnten verschiedene Fingerabdrücke am Balkongeländer genommen werden. Ferner fand Bernd Schneider Teile eines Profilabdrucks an der Abmauerung. Spätere Abgleiche mit den Fingerabdrücken des toten Max Hirzer ergaben eine Übereinstimmung. Der Profilabdruck passte zu den Schuhen, die er getragen hatte. Es war also gut möglich, dass Max Hirzer in seiner Verzweiflung den Freitod durch Sturz vom Balkon gesucht hatte. Xaver Groß war keine Mitschuld nachzuweisen.
Auf dem Spickmesser aus der Privatküche von Sebastian und Laura Markl fanden sich die Fingerabdrücke von Claudia Kainzinger.
Noch in der gleichen Nacht wurde bei einer Razzia in der Kneipe von Pepe Zumbusch in Passau belastendes Material sichergestellt, das den Verdacht auf illegales Glücksspiel erhärtete. Es würde noch Wochen oder Monate dauern, um die tatsächlichen Zusammenhänge und eventuelle weitere Hintermänner nachzuweisen. Pepe Zumbusch wies jede Schuld von sich und sagte aus, Max Hirzer nicht zu kennen. Werner Kremmel war froh, dass diese unerfreuliche Puzzlearbeit die Kollegen vom Glücksspiel-Dezernat in Passau übernehmen mussten. Zumbusch stand zumindest nicht unter Mordverdacht.

Werner Kremmel stand unter der Dusche. Er genoss das warme Wasser, doch heute entspannte es ihn nicht wie sonst. Immer wieder schweiften seine Gedanken ab. Es wurmte ihn, dass er noch keine stichhaltigen Hinweise hatte, die ihn zu Markls Mörder führten. Er hätte den Fall so gerne noch vor Weihnachten geklärt, nicht nur, weil ihm Staatsanwalt Reichlin im Nacken saß. Er drehte das Wasser kalt auf und begann erst seine Füße, dann die Waden und schließlich die Oberschenkel mit kaltem Wasser zu übergießen. Es kostete ihn Überwindung, doch es erfrischte. Als er nach dem Handtuch hangelte, fiel ihm das Notizbuch ein, das ihnen Laura Groß-Markl gegeben hatte. Hatten sie tatsächlich schon alle Frauen befragt, die aufgelistet waren? Kremmel begann seinen Kopf ab zu rubbeln. Er würde gleich mal nachsehen, denn sie hatten sich stichpunktartig vermerkt, wo jede genannte Frau den Tatabend verbracht hatte. Carola Sanftl kam ihm in den Sinn. Er frottierte sein Haar, als wollte er es von der Kopfhaut abreiben. Hatte Florian nicht auf eine weitere Befragung verzichtet, weil der Freund und Alibigeber seiner Meinung nach ohnehin aussagen würde, dass sie bei ihm gewesen sei? Kremmel warf das Handtuch achtlos über den Rand der Badewanne und verließ den Raum. Seine Jacke hing im Flur, dort befand sich das Notizbuch. Kremmel blätterte es so ungeduldig durch, dass ein paar Seiten einrissen. Da, tatsächlich! Die Beiköchin war nur im Rahmen der Erstbefragung im Hotel am Morgen nach dem Mord befragt worden! Diese Nachlässigkeit ärgerte Kremmel. Er sah auf die Uhr. Es war nach Mitternacht und zu spät, um Florian anzurufen. Morgen in der Früh würden sie ihr versäumtes Gespräch nachholen! Kremmel prüfte die übrigen Einträge. Die ehemaligen Herzdamen von Sebastian Markl waren ausnahmslos gesprächig gewesen, manche zwar verstockt oder verschämt, aber alle hatten ausgesagt. Und alle hatten nachweisen können, wo sie sich zum Tatzeitpunkt aufgehalten hatten. Alle bis auf Carola Sanftl. Es war immer schwierig, wenn die Aussage nur ein Lebenspartner und kein Dritter mehr bezeugen konnten.

Kremmel öffnete den Kühlschrank und holte eine Flasche Bier heraus. Er war plötzlich unruhig und seine Nervosität war von der Art, die ihm schon oft den rechten Weg zum Täter gewiesen hatte. Hatte er was übersehen?

„Schon so früh im Büro?“, fragte Florian Wallner überrascht, als er eintrat. „Sonst bin ich doch immer der Erste! Was gibt es so Wichtiges?“
„Da staunst du, was?“ Er hielt das Notizbuch in die Höhe. „Eine fehlt uns noch!“
„Hatten wir nicht alle durch?“
„Carola Sanftl!“
„Glaub ich nicht!“ Florian zog seinen Stuhl zurück und setzte sich. „Welches Motiv sollte sie haben? Sie hatte längst wieder einen Freund und war offensichtlich nicht schwanger von Markl.“
„Vielleicht etwas, was wir noch nicht wissen“, überlegte Kremmel.
„Gut, lass sie uns fragen. Sollen wir sie vorladen oder fahren wir wieder zu deinem persönlichen Freund in die ‚Post‘?“ Florian grinste Kremmel an.
Dieser lächelte und meinte: „Wer weiß, vielleicht lädt er uns zum Frühschoppen ein?“ Dann winkte er ab. „Ich glaube, wir sollten …“
In diesem Moment klopfte es. Gleich darauf öffnete Peter Hoffmann die Tür. „Guten Morgen die Herren, da möchte jemand zu Ihnen!“
Erst jetzt löste sich eine zweite Person aus seiner Silhouette. Carola Sanftl! Ihr Gesicht wirkte verquollen, als hätte sie auf etwas allergisch reagiert. Vielleicht hatte sie geweint.
„Guten Morgen, Frau Sanftl! Was führt Sie zu uns? Gibt Ihnen Ihr Chef überhaupt Ausgang, jetzt da der Chefkoch Aigner fehlt?“, fragte Kremmel freundlich.
„Er weiß gar nicht, dass ich hier bin. Ich muss eigentlich in einer halben Stunde in der Küche stehen. Aber ich …“. Sie brach ab und blickte zu Boden.
„Haben Sie etwas auf dem Herzen, Frau Sanftl? Bitte setzen Sie sich doch. Sie können uns alles sagen. Etwa auch, dass Sie vielleicht an dem Abend, an dem Sebastian Markl ermordet wurde, gar nicht bei Ihrem Freund waren?“ In Kremmels Stimme schwang so etwas wie Verständnis. Florian sah ihn an und wunderte sich über diese väterliche Seite. Gefiel ihm die attraktive Köchin etwa?
Langsam, als habe sie ein körperliches Gebrechen, ließ sich Carola Sanftl auf dem Besucherstuhl nieder. Sie blickte auf ihre Hände, die in ihrem Schoß gefaltet lagen. „Ich möchte eine Aussage machen!“
Kremmel nickte. „Nur zu! Dafür sind wir da!“

„Es ist nicht so leicht für mich. Aber ich komme nicht mehr damit klar. Es tut mir auch unendlich leid. Doch ich kann nicht mehr alleine mit der Gewissheit leben, dass ich eine Mörderin bin!"
Carola Sanftl sah jetzt auf, direkt in das Gesicht von Werner Kremmel. Für einen Augenblick war es so still im Raum, als hielten alle den Atem an.
Florian vergaß ein paar Sekunden lang tatsächlich zu atmen. Er biss auf die Lippen. Er hatte es versäumt, sie nochmals zu befragen. Das war ein Fehler gewesen. Aber vielleicht wäre Carola früher auch noch nicht bereit gewesen, auszusagen. Florian sah zu Kremmel. Würde er ihm einen Vorwurf machen?
„Erzählen Sie uns, was vorgefallen ist", bat Kremmel.
„Also, ich weiß nicht, wo ich anfangen soll. Ich habe noch nie einen Mord gestanden", begann sie und ihre Stimme klang, als beschreibe sie eine triste Bahnhofshalle. „Tatsache ist, dass ich nicht damit klar kam, dass er mich abgewiesen hat. Und ich, ich …, ja ich war ihm hörig!" Sie brach ab und versteckte ihr Gesicht in den Händen. „Es ist mir so peinlich!", stieß sie aus.
„Bitte erzählen Sie weiter. Wir lachen nicht. Wir haben schon so viel gehört, dass Sie uns das gar nicht glauben würden!", meinte Kremmel.
„Sebastian war ein guter Liebhaber. Er gab mir, was mir bisher in meinem Leben gefehlt hatte, wenn Sie verstehen, was ich meine. Viele Männer sehen nur den Akt, nur sich selbst. Aber bei ihm war das anders! Und deswegen mochte ich auch gar nicht akzeptieren, dass er mich einfach so abgelegt hat! Ich hatte mal einen Schlüssel zu seinem Haus und ließ mir einen Abdruck machen. Er wusste das nicht. An dem Abend, an dem er starb, ging ich ins Haus. Niemand war zu Hause. Ich ging in sein Schlafzimmer, zog mich aus und legte mich auf sein Bett. Ich wollte ihn überraschen."
Kremmel griff nach seiner Teetasse, doch sie war inzwischen leer. Es befremdete ihn, was sie erzählte und er dachte darüber nach, wie er selbst reagieren würde, wenn er eines Tages auf einmal eine Ex-Freundin auf seinem Bett vorfände. Er musste gar nicht lange nachdenken, er wusste, dass er es äußerst unangenehm empfinden und sich garantiert nicht freuen würde. Aber er verschwieg seine Überlegungen und fragte stattdessen: „Ist Ihnen die Überraschung gelungen?"

„Nein, leider nicht. Er kam nicht nach oben, obwohl er sich sonst umzieht, wenn er nach Hause kommt. Nach einiger Zeit zog ich mich wieder an und ging hinunter. Er stand in der Küche und die Türe war offen. Als er mich sah, erschrak er nicht einmal, aber er freute sich auch nicht. ‚Was willst du hier?', fragte er. ‚Hast du immer noch den Schlüssel? Dann gib ihn endlich her. Es ist aus zwischen uns, kapier das doch!' – Können Sie sich vorstellen, wie weh mir das tat? Er schickte mich weg wie einen räudigen Straßenköter! Aber das Schlimmste, das kam noch. Er erniedrigte mich, sagte: ‚Das mit uns war doch nur ein Spiel, eine nette Abwechslung. Hast du im Ernst geglaubt, dass da mehr ist? Sei lieber froh, dass du immer noch bei mir arbeiten kannst. Das Haus hat einen hervorragenden Ruf. Aber wenn's dir nicht passt, kannst du jederzeit gehen. Beiköchinnen, die mir abends zu Hause auflauern, mag ich nämlich nicht so gerne. Also tu mir den Gefallen und geh jetzt endlich!' – Das alles hat er mir einfach so hingeworfen!", sagte Carola Sanftl und legte eine Hand vor den Mund, als müsste sie würgen.
„Was haben Sie dann gemacht?", fragte Florian. Er hatte sich wieder gefangen und die Enttäuschung über sich wandelte sich in Wut gegen die Geständige.
Carola Sanftl sah ihn erschrocken an, als hätte sie ihn eben erst wahrgenommen. „Na, ich gab ihm den Schlüssel. Dann sagte er mir, dass ich gehen solle, schnappte sich eine Flasche Wein und ging ins Büro. So ein eiskalter Idiot! Aber am meisten hasste ich mich in dem Moment. Ich kam mir so klein und schäbig vor. Er hat mir all meine Würde genommen!"
„Sie sind dann nicht aus dem Haus gegangen und haben seine Aufforderung also nicht akzeptiert", mutmaßte Kremmel.
Sie zuckte zusammen und schüttelte sich, als wäre sie auf einem Dachboden durch Spinnengeflecht gelaufen. „Ich weiß nicht, wie lange ich wie festgefroren dastand. Es ging mir so viel durch den Kopf und doch kann ich mich an nichts mehr erinnern! Da sah ich auf einmal den Messerblock. Ich suchte meine Handschuhe in meinem Mantel, zog sie an und nahm das größte Messer aus der Halterung heraus. Ich … ich … kann es nicht beschreiben, aber als ich das Messer in Händen hielt, fühlte ich mich auf einmal wie befreit! Ich dachte mir, jetzt

kann ich ihm alles sagen. Wie sehr ich ihn liebe und dass ich seine Abfuhr nicht akzeptiere. Er würde mir wenigstens zuhören, wenn ich ihm ein Messer unter die Nase hielt! Wenigstens zuhören!" Auf einmal schluchzte Carola Sanftl auf, schüttelte sich, als stieße sie eine Ladung Wasser ab, die man ihr über den Kopf geschüttet hatte. „Und dann, ich war ihm ins Wohnzimmer gefolgt, konnte ich ihn nicht mehr fragen. Ich sah ihn und wusste auf einmal, dass er nie mehr zu mir gehören würde! Das konnte ich nicht ertragen! Dann sollte er auch keiner anderen mehr gehören! Ich stach zu. Dreimal, bis er zu Boden stürzte. Oh, es tut mir so leid!" Sie begann heftig zu weinen.

Werner Kremmel saß da und umfasste die leere Teetasse. Da hatte er nun das Geständnis, die Lösung zum Fall. Das war wie immer eine gewisse Befriedigung, eine Erlösung, doch auch ein selten trauriger Moment, wenn sich menschliche Abgründe eröffneten. Ein Mord an sich war immer sinnlos. Doch manchmal, wenn Menschen aus purer Verzweiflung zum Mörder wurden, da konnte er die Beweggründe sogar noch nachvollziehen. Aber hier? Was hatte die attraktive Frau für einen Grund, sich einer sinnlosen Liebe hinzugeben und dafür auch noch zur Mörderin zu werden? Mord aus niederen Beweggründen würde ihr der Staatsanwalt anhaften und sie würde selbst mit einem guten Anwalt keine Chance haben, um aus der Sache heraus zu kommen.

„Ich rufe den diensthabenden Richter an!", sagte Florian, doch Kremmel winkte ab. „Was haben Sie gemacht, als Markl reglos vor Ihnen lag? Haben Sie daran gedacht, einen Notarzt zu rufen? Tat es Ihnen wirklich leid, was Sie getan haben?"

Sie biss auf die Lippen und kaute darauf, bis sie antwortete: „Nein. Ich war voller Panik. Wieso sollte ich einen Notarzt rufen?"

„Um Schlimmstes zu verhindern. Immerhin wussten Sie ja noch nicht, ob Sie Markl tödlich getroffen haben!", sagte Kremmel.

„Also, ich dachte schon, dass er stirbt und sah mich um. Und dann kam ich auf die Idee, die Scheibe einzuschlagen, dass es wie ein Einbruch aussieht. Das war so ein blitzartiger Einfall. Ich tat es und dann lief ich aus dem Haus!"

„Da herrschte an diesem Abend ja reger Verkehr! Wir müssen Frau Groß-Markl darauf aufmerksam machen, dass sie besser ein neues

Schloss einbaut. Wer weiß, wer noch einen Schlüssel besitzt", warf Florian ein.
„Fiel Ihnen was auf, als Sie das Haus verließen?", fragte Kremmel.
Sie dachte nach und nickte bedächtig. „Ja, da saß so ein Typ in einem Geländewagen. Aber ich war mir sicher, dass er mich nicht gesehen hat. Es waren nur ein paar Sekunden, als ich an seinem Wagen vorbei lief." Sie wischte mit dem Ärmel über ihr Gesicht. „Was passiert jetzt mit mir?"
Kremmel sah sie an und sagte nichts. Dann nickte er Florian zu.
Während dieser mit dem Richter telefonierte, sah Kremmel Carola Sanftl an. „Es ist gut, dass Sie heute bei uns waren. Das ist das Einzige, wofür ich Sie loben kann. Aber das wissen Sie ja selbst. Über Schuld und Sünde werden andere urteilen."
„Ich weiß", sagte sie und lächelte plötzlich. „Ich bin froh, dass ich es getan habe!"
Elektrisiert starrte Kremmel sie an. „Dass Sie bei uns waren und aussagten?"
Sie wiegte den Kopf. „Auch. Es erleichtert. Nein, wenn ich es mir so recht überlege, meine ich die Tat selbst!" Sie sah ihn provokant an.
„Ich habe das auch gehört!", sagte Florian scharf. Es ärgerte ihn von Minute zu Minute mehr, dass er Sanftl nicht früher verhört hatte.
„Das ist mir auch egal!", sagte sie. „Alles in mir ist auch an diesem Abend gestorben! Und alles was jetzt kommt, kann mich nicht mehr belasten."
„Wenn Sie sich da mal nicht täuschen!", sagte Kremmel. Dann alarmierte er Peter Hoffmann und ließ Carola Sanftl abführen.

Am Nachmittag, als längst wieder heißer Tee in seiner Tasse war und er sich selbst vorwarf, wieso er den Abschlussbericht nicht von Florian schreiben ließ, fragte er sich, was er an seinem Beruf eigentlich so liebte. Konnte man etwas lieben, was einen täglich an die Abgründe menschlichen Seins brachte? Wohl schon. Vielleicht, weil es einem klar machte, wie normal man selbst war. Und wahrscheinlich auch, weil es ein verdammt gutes Gefühl war, wenn man eine Akte abschließen konnte, wenn man wusste, dass man das Rätsel, die unzähligen Puzzleteile gelöst und zusammengefügt hatte. Und vielleicht sorgte er ja auch dafür, dass die Welt ein bisschen sicherer war. Auf jeden Fall aber, dass wusste er, würde er seinen Job mit nichts und niemandem auf der Welt tauschen. Zusammen mit seinem Kollegen Florian Wallner wollte er noch viel erleben und alle Fälle klären, die ihnen in Zukunft aufgetragen wurden.

„Du musst da nicht hingehen!“, sagte Florian schon zum zweiten Mal. Johanna stand vor dem Kleiderschrank und zog ein schwarzes Kostüm heraus. „Ich weiß!“, murmelte sie. „Hoffentlich passt das noch, der Rock war schon immer ein bisschen eng!“
„Hörst du! Ich will nicht, dass du auf seine Beerdigung gehst!“, sagte Florian und stellte sich dicht neben Johanna. „Es wird dich aufregen und das ist nicht gut für dich!“
Johanna warf das Kostüm aufs Bett und stemmte die Hände in die Hüften. „Es regt mich auch auf, mit dir darüber zu diskutieren! Ich sagte dir schon einmal, dass ich zu Pauls Trauerfeier gehen möchte. Es ist ein Abschied, der mir vielleicht ermöglicht, auch innerlich von allem Abstand zu bekommen. Verstehst du? Ich will, dass er seine Ruhe hat. Nur so, glaube ich, bekomme auch ich meine Ruhe!“
Florian wandt sich wie eine Luftschlange im Wind und fuchtelte mit den Armen. „Das kann ich schon irgendwie nachvollziehen. Aber er hat es trotzdem nicht verdient!“
„Einerseits nicht. Sein böses Ich hat es nicht verdient. Aber ich, und eigentlich auch du, wir kennen sein gutes Ich von früher. Er war krank und dafür, dass seine Psyche krank wurde, kann er doch nichts!“
Florian seufzte. „Gut, du setzt also deinen Dickkopf durch. Wie immer.“ Er lächelte und nahm sie zärtlich in den Arm. „Deine Oma hatte neulich recht, als sie meinte, du würdest die Hochzeit schon durchplanen!“
Johanna lachte in der Erinnerung. „Ach Oma! Die freut sich doch schon so! Und ihren Vorschlag, an Maria Lichtmess kirchlich zu heiraten, finde ich gut. Sie kann es kaum mehr erwarten, mich als Braut zu sehen!“
„Da sind wir dann schon zu zweit!“, lachte Florian. „Ist ja auch gut, dass es nicht mal mehr zwei Monate dauert. Sonst passt du ja in kein Kleid mehr und musst dir ein Betttuch umlegen!“
„Ein Betttuch! Du spinnst ja! Ich will ein schönes Kleid!“, fuhr sie ihn an und lachte doch dabei.
„Obwohl, wenn ich es mir überlege. Ich hätte nichts gegen ein Betttuch. Vor allem, wenn du nichts drunter trägst!“, neckte Florian.
„Ich glaube, es ist besser, wenn du jetzt das Schlafzimmer verlässt!“, drohte Johanna.

Max und Hilde Gschwender saßen allein in der ersten Reihe. Hilde sah blass aus, um Jahre gealtert und viele Kilos leichter. Sie sprachen kein Wort mit niemandem, obwohl sich die Kirche erstaunlich gefüllt hatte. Viele Bewohner von Ringelai wollten Paul in seinem Trauergottesdienst die letzte Ehre erweisen und so mancher war wohl gekommen, weil er sehen wollte, ob der Pfarrer einem Mörder nicht doch einen Gottesdienst verweigerte. So war die Dorfkirche St. Maria erstaunlich gut besetzt. Auch Johanna und Florian saßen allein in einer Bank und fast kam es Johanna vor, als wollten die Menschen weder mit einem Täter noch mit einem Opfer etwas zu tun haben. Zu groß war die Unsicherheit, wie man mit dieser Situation umgehen, welche Worte man wählten sollte. Johanna hatte dafür sogar Verständnis. Sie liebte ihr Dorf über alles und wenn sie erst in wenigen Wochen als Braut vor dem Altar stehen würde, konnten sich die Menschen sicher wieder mit ihr freuen.
Der Pfarrer wählte kluge Worte. Er sprach von Schuld und Sünde, aber auch von Vergebung. Er erinnerte, dass alle Menschen schwach waren und Fehler begingen und dass ein jeder erst bei sich selbst suchen sollte, bevor er andere verurteilte. So erinnerte er daran, dass Paul einer von ihnen war, der nur vom rechten Weg abgekommen war, aber dass die Wege des Herren unergründlich seien und niemand wisse, was das Morgen brächte.
Am Schluss wies er sogar darauf hin, dass sich das Brautpaar Johanna und Florian in der Kirche befände und hielt alle an, sich mit ihnen zu freuen, auch Max und Hilde Gschwender. Johanna lächelte in sich hinein. Sie wusste sofort, dass Oma Hermine wohl schon den Weg zum Pfarrer gefunden und ihr Herz auf der Zunge gelegen hatte. Sie sah es der hochbetagten Seniorin nach. Wer schaffte es schließlich schon, vielleicht den Tag zu erleben, an dem ein Urenkel auf die Welt kam? Es war nur wenigen vergönnt.
Als Johanna nach dem Gottesdienst zu Hilde ging und ihr die Hand reichte, sah die gebrochene Frau sie an und sagte kein Wort. Doch dann, Johanna wollte die Hand schon zurückziehen, fasste Hilde ihre Hand und ihre Lippen zitterten, als sie flüsterte: „Mein Bub hat dich doch nur geliebt!“
Johanna begriff sofort den bitteren Vorwurf in dieser Entschuldigung und sie wusste, dass Hilde für den Rest ihres Lebens immer eine

Schuld bei Johanna sehen würde. Florian, der die Worte gehört hatte, zog Johanna schweigend mit sich und drückte sie schützend an seine Brust.

„Lass nur!“, sagte sie leise. „Es ist gut. Es ist vorbei! Endlich vorbei!“

Werner Kremmel pfiff leise vor sich hin. Er fuhr über die Autobahn und war nur noch gut 80 km von München entfernt. Die Sonne schien auf schneebedeckte Wiesen und Felder und das Profil der Winterreifen glitt brummend über den Asphalt. Einen Tag früher als geplant fuhr er Sabine entgegen und freute sich auf das Treffen wie ein Kind auf Weihnachten. Wer wusste, wenn dieses Wochenende gut lief, vielleicht würde er sogar das Fest der Liebe, wie Weihnachten allgemein bezeichnet wurde, mit ihr gemeinsam feiern. Er konnte sie einladen ins Keltendorf Gabreta, in die Buchberger Leite, ihr seine Heimat, den wildschönen Bayerischen Wald zeigen. Doch er wollte nichts überstürzen, sondern es wachsen lassen, das nahm er sich fest vor. Aber er würde nichts unversucht lassen, wenn nur sie auch dazu bereit war. Es war an der Zeit, dass er das Alleinsein aufgab, denn er ahnte, nein er wusste nur zu gut, dass er nur stark sein konnte, wenn jemand an seiner Seite war, der zu ihm gehörte. Viel zu lange hatte er sich alleine durchgeschlagen.

Mitten in diese Gedanken hinein ertönte sein Handy. Er trug sein Headset und nahm das Gespräch entgegen. Wer mochte ihn jetzt wohl sprechen?

„Ist dort Hauptkommissar Kremmel?", fragte eine männliche Stimme.

„Ja!"

„Ah, Grüß Gott! Wunderbar, dass ich Sie gleich erreiche. Hier spricht Gerd Dampfinger." Kunstpause.

Werner Kremmel runzelte die Stirn. Er nahm an, dass ihn ein Werber aus einem Callcenter anrief. Die Sprüche dieser Spezies waren alle ähnlich nervig. Schon grübelte er nach einer seiner Ausreden. „Ich habe kein …"

„Herr Kremmel? Ich wollte Sie ganz herzlich zu unserer Aufführung einladen, die am 20. Dezember im Kurhaus stattfindet. Sie bekommen einen Ehrenplatz und können gerne einen Gast mitbringen", bot Herr Dampfinger an. „Entschuldigen Sie, dass ich Sie vielleicht gerade bei Ihren Ermittlungen störe, aber ich bin so aufgeregt, weil ich die Zusage für einen Platz an einer Schauspielschule ergattert habe. Das ist wie Ostern und Weihnachten ... Hallo, sind Sie noch dran?"

„Das freut mich", schwindelte Kremmel und bremste ab, weil plötzlich ein Reisebus ausschwenkte, um einen Lkw zu überholen.

„Woher haben Sie eigentlich meine Handynummer?“
„Frau Leinert war so freundlich, sie mir zu geben. Sie kommt natürlich auch. Das wird das kulturelle Ereignis für das weihnachtliche Freyung!“, freute sich Dampfinger.
Da hatte Kremmel so seine Zweifel, doch er schwieg. Und Gabi, dieses kleine Biest! Na warte, die konnte was von ihm hören, wenn er erst wieder im Büro war!
„Ich werde da sein“, versprach Kremmel, „und vielleicht bringe ich jemanden mit.“ Er hatte zumindest einige Stunden lang erlebt, mit wie viel Engagement die Laienschauspieler ihr Bestes gaben und hofften, damit ihre Zuschauer zu unterhalten. Sie hatten es verdient, dass man sie bestaunte und beklatschte.
„Sie bringen also Ihre Frau mit?“, fragte Gerd Dampfinger. „Oh, ich freue mich darauf, sie näher kennen zu lernen!“
„Sie sprechen mir aus der Seele“, erwiederte Werner Kremmel. „Auch ich kann es kaum erwarten!“

Marianne Loibl, geboren 1967 in Dillingen, liebte es bereits als Kind, sich Geschichten auszudenken und sie aufzuschreiben. Neben erfolgreichen Sachbüchern hat die Autorin auch zahlreiche Kinder- und Jugendbücher veröffentlicht.
Marianne Loibl lebt mit ihrer Familie in München. Als Tochter eines gebürtigen „Waldlers" erlebte die Autorin von Kindesbeinen an viele zauberhafte Sommer im Bayerischen Wald und hat nicht vor, mit dieser liebgewordenen Tradition zu brechen.